Ирина Ратушинская

СКАЗКА

О ТРЕХ ГОЛОВАХ

РАССКАЗЫ

Irina Ratushinskaia

A TALE

OF THREE HEADS

SHORT STORIES

Translated from the Russian,

with a Foreword and an Afterword

by DIANE NEMEC IGNASHEV

Hermitage

1986

Ирина Ратушинская. СКАЗКА О ТРЕХ ГОЛОВАХ

Irina Ratushinskaia. A TALE OF THREE HEADS

Copyright (C) 1986 by Ratushinskaia Foundation

English translation, Foreword and Afterword

copyright (C) 1986 by Diane Nemec Ignashev

Library of Congress Cataloging-in-Publication Data

Ratushinskaĩa, Irina.
    Skazka o trekh golovakh.

    Russian text, parallel English translation.
    1. Ratushinskaĩa, Irina--Translations, English.
I. Nemec Ignashev, Diane, 1951-   . II. Title.
III. Title: Tale of three heads.
PG3485.5.A875A15 1986   891.73'44   86-25623
ISBN 0-938920-83-9

A story "On the Meaning of Life" was published
in New American, No. 5/6, 1986

A sketch by Ratushinskaia is used for the front cover design

Published by HERMITAGE
P. O. Box 410
Tenafly, N. J. 07670, U.S.A.

CONTENTS

FOREWORD

"It seemed that the air was thick enough to cut with a knife. Then one by one the lights . . . began to go out. Soon there was total silence. And then Chizhikov understood." In "The Tunnel," Irina Ratushinskaia reveals the ultimate nightmare of the hero's stifling conformist existence. Chizhikov, a timorous middle-aged petty bureaucrat, seems to share little with his intrepid young creator. And yet she writes of his revelation with the conviction of first-hand experience.

Irina Ratushinskaia was born March 4, 1954, in Odessa, to descendants of Polish nobility. Her parents, influenced by Stalinist xenophobia, discouraged ethnic identity in their progeny. "Times," Ratushinskaia wrote in her autobiographical essay, *My Motherland,* "were hard enough—and there was plenty to fear from officials snooping around our pedigree."[1] Parents and daughter were officially registered as Russian nationals, and the girl's grandparents were forbidden to speak to her in Polish or of their Roman Catholicism. Like Piglet Niblet's ("A Family Affair"), Ratushinskaia's parents would have their child conform to the "golden mean." A gifted student from a family of intellectuals, she received the best education available at the time in Odessa. Yet, at age twenty-seven she would "covet that ten years I lost to my Soviet pseudo-education. . . . Even my dear mother, who taught literature in school, couldn't tell the difference between Pasternak and Bal'mont. Of Blok she knew only the officially sanctioned, *The Twelve.*"[2]

Rejecting her "happy childhood," Ratushinskaia vents the anger of a critical consciousness rudely awakened from a massive deception. Though she indicts her parents and her society, at least part of her vituperation she aims at herself. Until the age of twenty-four, the "poet yet undiscovered" appears to have functioned relatively unfettered. In 1971, immediately upon completion of high school, she was admitted to Odessa University. Working part-time as she studied, she eased her financial dependence on her parents and their control over her. Physics and mathematics, her major fields of study at university, were taught with comparatively small doses of Party doctrine. Then popular satirical theatrical competitions (sort of inter-departmental "hasty puddings") between student teams provided a creative outlet; Irina was a principal writer for her department. Although in 1972 eighteen-year-old Ratushinskaia refused KGB recruitment as an informant on teachers and fellow students, the matter did not go beyond the usual threats or adversely influence her progress.[3] By all indications, Ratushinskaia—like Ovsiannikov in "The Inner Voice"—graduated university with the prospect of a "normal, if not entirely blissful" life ahead.

In the USSR muses and their political sisters walk with arms intertwined, if not handcuffed together. It is, therefore, not surprising that Ratushinskaia's artistic and political involvement coincided. In 1977, after a short stint teaching highschool mathematics and physics, she was appointed to the faculty of the Odessa Pedagogical Institute, and, not long after, named to the Institute's admissions committee. Difficulties at work arose when her "inner voice" objected to covert discrimination against Jewish applicants. She was soon demoted from instructor to lab assistant, then fired. That same year the fledgling writer tasted artistic censorship: her first professional effort, a play she had co-authored, was banned after its Odessa premiere, and the entire company interrogated. Accusations that the piece displayed anti-Soviet tendencies placed its authors in good company. Osip Mandel'shtam, Boris Pasternak, and Marina Tsvetaeva—whose work Ratushinskaia discovered at approximately the same time and who would exert immense influence on her poetry—had sacrificed their careers, indeed their lives, in fidelity to their muses.

By 1979, when Ratushinskaia married Igor' Gerashchenko and moved to Kiev, she was committed to writing and to the struggle for artistic and political freedom. In 1980 she and her husband applied to the Kiev Office of Visas and Registration (OVIR) for permission to emigrate to the United States. They were refused. A few months later they co-authored a letter protesting the exile of Andrei Sakharov. As a result, in August 1981 they were interrogated and warned that further human rights activities would lead to their arrest. In November that same year Gerashchenko was fired from his job. The two now lived the precarious existence Ratushinskaia describes in "Senia the Dream-Maker": they survived through tutoring and menial labor. Nevertheless, on December 10 they made their way to Moscow for the human rights demonstration held annually in Pushkin Square on Soviet Constitution Day. They were arrested: Irina spent her first jail term—ten days for "disturbing the peace"—in Moscow's Butyrskii Prison.

Virus dissidentus is an enigma. In some cases it responds immediately to treatment. More often, antidotes only enhance the disease's development. In the cases of Ratushinskaia, Gerashchenko, and their associates, the most advanced "remedies" were tried. In April 1982 a toxic substance was sprayed on the couple's apartment door. Fortunately, the "doctors" were interrupted in mid-procedure and the couple and their friends suffered only mild poisoning. In June 1982 more radical measures were taken: V. Senderov, V. Gershuni, B. Kanevskii, and G. Gel'per (members of the alternative trade union SMOT) were arrested and sent off for "extended treatment." Ratushinskaia and others responded with a cassette-recorded defense which circulated underground *(magnitizdat)*. Searches conducted in connection with the SMOT arrests uncovered *samizdat* copies of Ratushinskaia's work in the possession of Kiev's human rights activists. The disease, evidently, was spreading. Over the remaining summer months Ratushinskaia's and Gerashchenko's apartment was ransacked four times. Though personal papers and books were seized, original copies of Ratushinskaia's work were preserved.

In August 1982 Ratushinskaia and Gerashchenko, both unemployed, were offered an opportunity to earn enough money in two months to support themselves for the next year. The apple harvest was in full swing and pickers were needed to bring in the crop before the first frosts. Not questioning the motivations that underlay the offer and never suspecting that other harvesters had also been especially chosen (as official witnesses to an arrest), Ratushinskaia and Gerashchenko traveled to a farm community not far from Kiev. On the morning of September 17, 1982, six armed men handcuffed Irina Ratushinskaia and delivered her to the same Kiev prison that the Gestapo had used for its interrogations during World War II. Her crime: "preparing and distributing anti-Soviet materials." Six months later, one day after her twenty-ninth birthday, Irina Ratushinskaia received the maximum sentence prescribed by Article 62 of the Ukrainian SSR Criminal Code (Article 70 of the Russian SFSR Criminal Code): seven years of prison and five years of internal exile.

Against western standards, the premise for Ratushinskaia's arrest and the manner in which her trial was conducted will seem dubious, at best. However, according to one Soviet legal expert, even in the ill-distinguished context of Soviet dissident trials her case stands as an anomaly. Besides predictable harrassment, intimidation of witnesses, and the introduction of hearsay and non-evidence, Ratushinskaia's case manifested violations of fundamental procedures, which even within the elastic guidelines of Soviet law stipulate a mistrial.[4]

Three years have passed since Irina Ratushinskaia was sent to the Barashevo Corrective Labor Colony ZhKh-385/3, located near the settlement of Yavas in the Mordovian Autonomous Region of the RSFSR. Together with eight other women—including Natal'ia Lazareva of the Leningrad-based feminist group "Mariia"— she is kept in the prison's "small zone," a special isolation compound for politicals. This brief foreword cannot adequately describe the conditions to which Ratushinskaia and her campmates are subjected at the Barashevo prison. (See the *Chronicle of the Women's Camp in Mordovia, USSR*, Bukovsky Paper No. 8, for a detailed description of their conditions, written by the women themselves.) In prison, as when she was "free," Ratushinskaia continues to work untiringly for human rights. She has protested de-humanizing identification badges; she has repeatedly declared hunger and work strikes in support and defense of other prisoners. In retaliation her warders have beaten and force-fed her; they have violated Soviet prison protocol by withdrawing essential privileges in the camp store; they have denied visits by her family; they have not only censored but confiscated her letters; they have refused her basic medical care. Healthy at the time of arrest, thirty-two-year-old Irina Ratushinskaia now suffers from kidney disease, dropsy, a constant debilitating fever, and an inflamed ovary. As the result of a multiple concussion incurred during transport to and an ensuing beating in solitary confinement in Yavas, she also experiences frequent loss of consciousness, persistent throbbing behind one eye, and elevated blood pressure. The other women in the compound—victims of similar treatment, several of whom arrived in worse condition than Ratushinskaia—have appealed on their youngest member's behalf. Ratushinskaia, they fear, "will simply not survive until the end of her term."[5]

8

In his introduction to Ratushinskaia's *Poems* Joseph Brodsky noted the counter-productivity of "cures" such as that imposed on Ratushinskaia: "No matter what ratio it establishes between the genuineness of art and the fate of its creator, the state consistently overlooks the fact that a crown of thorns on the head of a bard has a way of turning into laurel."[6] One should not, however, infer from Brodsky's statement or from the predominating orientation of this foreword that Ratushinskaia's talent as a writer has been measured by the extent of her persecution. Collected here is the prose of a truly gifted poet.

Though this is not the place to discuss the broad interpretations which governed translation, readers should be aware of several decisions which shaped the English renderings. The manuscript from which the Russian text was set and the English based bears all the flaws and insecurities typical of *samizdat*. It is a crude xerographic duplication of a multiple-carbon copy of the original, in places barely legible under magnifying glass. It is not known if these stories were intended for publication as a group, if the order of the selections (reproduced here exactly as in the original) is Ratushinskaia's or her typist's, or if the manuscript represents a final draft. Besides frequently reiterated words and phrases, which might be attributed to a symbolic program, Ratushinskaia's prose abounds in spatial and temporal conjunctions (e.g., вдруг, тут же) that a writer of her obvious talent, given time for revision, would have alleviated. No attempt was made to "improve" redundancies such as "unpleasantly nauseated" (неприятно подташнивает), but English's low tolerance for repetition and the inadmissibility of a single rendering in multiple contexts have occasionally required the substitution of synonyms for words of common morphology. Obviously, questions in the Russian text—from punctuation and capitalization to the title of this collection—had to be decided without consulting the author.

Another consideration is that of audience or, in the case of this dual-language edition, audiences. To most Russian readers Ratushinskaia's references to Soviet reality will be obvious. If and how to render them for the English reader is complicated by the fact that these short vignettes do not tolerate intrusive footnotes. Some references, if not immediately clear, should become self-evident upon reflection (e.g., the drabness of a life sustained on a steady diet of meat dumplings, pea soup, and cabbage rolls). Others (e.g., whether one hears a busy signal or a dial tone when a speaker at the other end hangs up the telephone, in "Vexation") have been decided in favor of preserving the distinctly Soviet appurtenances of Ratushinskaia's fictional world. Names, which in the original may or may not be interpreted as meaningful, depending on the literary sophistication of the reader, posed yet another difficulty. To avoid confusion without entirely obliterating Ratushinskaia's style, surnames have been preserved in the original Russian, while significant nicknames and pet names have been translated. Other trivia of which the English reader may not be aware include the following: "October Scouts" ("A Kiev Story" and "The Little Star") are the primary school variety of Young Pioneers or Komsomols; Bibikovskii Boulevard ("A Kiev Story") is the former name of contemporary Taras Shevchenko Boulevard (named for the celebrated nineteenth-century Ukrainian nationalist poet); the three-headed dragon's propensity for stealing drinking glasses and splitting a bottle (of vodka) three ways ("A Tale of Three Heads") recalls standard Soviet street-drinking etiquette, the subject of innumerable anecdotes; Valentin Zorin ("You Never Can Tell") is the principal political commentator for Soviet television, and the perplexing three-letter symbol described in "The Visit" is the Russian vulgar term for male genitalia that enjoys the same popularity in Soviet graffiti as the four-letter vulgarism for "fornication" does in English.

Of course, the greatest difficulty encountered was that while Ratushinskaia is a practiced literary talent, her translator is not. Though I have tried to adjust the English to reflect differences in lexicon, voice, and tone in the Russian original, I have shied from more radical operations which would have smoothed the texture of the English only at considerable expense to the original. For example, Ratushinskaia's narrators frequently address the reader in the second person. Apostrophe is a device popular among the Russian satirical writers to whom Ratushinskaia traces her pedigree. Though also employed in American and English literature, the device now seems dated, its anachronism intensifying the narrator's presence. In "The Little Gray Book" apostrophe works relatively well. In "On the Meaning of Life" it sounds affected, precious. Yet, to have rendered it in one and not the other would have entailed a muddle of potential inconsistencies and obliterated stylistic similarities between various stories in this collection. Having weighed the alternatives, to the satisfaction of some readers and the displeasure of others, I have preserved in translation this and other devices from the original.

Translating Irina Ratushinskaia's prose has been an exhilarating and sobering experience. Working at a computer terminal in comfortable proximity to a wood-burning stove, the Minnesota winter outside my window, I often thought of the woman who wrote these stories, of her incarceration in freezing isolation cells, of her inability to obtain even paper and pen with which to write. Her talent and courage have already inspired many, and to them this translator is in debt: Yefim Kotlyar introduced me to Ratushinskaia's writing; Keith Harrison, Anne Ulmer, and the students in our joint seminar on literary translation at Carleton College offered early suggestions; Carleton College and the Bush Foundation provided a sabbatical leave and funding which allowed me to complete this volume; Katherine Sauter cheerfully typed several drafts from manuscript often less legible than the *samizdat* original; Marina Rachko compared penultimate drafts of the Russian galleys and the English typescript. Finally, if this translation at all succeeds in conveying to the English reader any sense of Ratushinskaia's thought and art, it is thanks to Sergei Ignashev and Kathryne Sparling, who edited, encouraged, and understood throughout. Errors in translation, interpretation, and judgment are mine alone.

D. N. I.
Northfield, Minnesota
June 1986

ENDNOTES

1. Irina Ratushinskaia, "My Homeland [sic]," in idem, *Poems* (Ann Arbor: Hermitage, 1984), 54.
2. Ibid., 55, 54.
3. Igor' Gerashchenko, "K arestu Iriny Ratushinskoi," typescript.
4. Aleksandr Aloits, "Ugolovnoe delo Iriny Ratushinskoi" [The Criminal Case of Irina Ratushinskaia], *Novoe russkoe slovo,* 24 June 1986.
5. Galina Barats, Yadviga Bieliauskiene, Lidia Doronina, Natal'ya Lazareva, Tat'yana Osipova, and Lagle Parek, "Appeal," *Chronicle of the Women's Camp in Mordovia, USSR,* Bukovsky Paper No. 8 (Amsterdam: Foundation Committee Vladimir Bukovsky, 1985), 42.
6. Joseph Brodsky, "Introduction" to Ratushinskaia, *Poems,* 51.

О СМЫСЛЕ ЖИЗНИ

Жил-был удав-вегетарьянец. Мясного он ничего в рот не брал, но не из убеждений каких-нибудь или идей, а так... Не хотелось. Да и как-то неловко было бы. Так что ел он в основном огурцы и бананы: на них было удобней натягиваться. Да и вообще материальной стороне жизни удав уделял мало внимания. Потому что была у него всепоглощающая страсть, а уж вы сами можете себе представить, что это такое, когда страсть поглощает удава! Он любил смотреть на кроликов.

Да вы погодите улыбаться понимающе! Сказано же вам: вегетарьянец, и сказано: смотреть. Он смотрел на них платонически. Вам, может быть, это трудно понять, но вы все же постарайтесь: сидит себе такой беленький, жует ротиком, и ушки дрожат... Ах ты, персик!

Ну вот, вы опять. Но ведь когда вам было три года и ваша эмоциональная тетя хватала вас в объятия и причитала "съем тебя сейчас" — вы же ее ни в чем таком не подозревали! Умели, стало быть, понимать разницу!

Так вот, очень удав любил и страдал. А страдал он в основном от того, что кроликов видел исключительно редко, ну раза два в год! И действительно, где сейчас увидишь кролика? Был, конечно, идиот, который посоветовал удаву сползать на базар с утра пораньше, и удав там действительно нашел кролика, но вы представляете, в каком виде? На грязном прилавке, у грубой бабы, пять рублей кило — при всеобщем поругании — что там лежало! Я уже не описываю, что творилось с удавом. Если вы чуткий человек, вы поймете.

С тех пор удав вообще не любил бывать на людях, но по телевизору кроликов показывали редко, да и все не то это было. Так что само по себе странно, отчего вдруг в пятницу 18 марта удав оказался в числе посетителей цирка, а именно этот вечер и перевернул всю его дальнейшую жизнь.

12

ON THE MEANING OF LIFE

Once upon a time there lived a vegetarian boa constrictor. He never ever ate meat. Not out of moral conviction and for no particular reason, he simply didn't. It just wouldn't have seemed right. Instead, he ate only cucumbers and bananas; they were easier to swallow. Besides, the material things in life generally didn't interest the boa constrictor. For, his all-consuming passion (and you can imagine what it's like when passion consumes a boa constrictor!) was rabbit-watching.

Now just hold on a minute before you start snickering! He was a vegetarian. And he just watched. He watched them platonically. You perhaps, might find it difficult to comprehend, but think about it for a minute: a little white ball of fur just sitting there wiggling his nose and twitching his ears.... What a little cutie-pie!

You're doing it again. But when you were three years old and your over-emotional aunt would take you in her arms and say "I'm going to gobble you up," you never suspected her of doing anything of the sort, right? You were able to tell the difference, right?

Well, and so the boa constrictor loved and suffered a great deal. But he suffered mostly because he saw rabbits extremely rarely, only about twice a year! And, really, where can you find a rabbit these days? Some idiot told the boa constrictor he ought to slither down to the market early in the morning, where, true, he did find a rabbit, but you can imagine what shape it was in: splayed out on a dirty counter in front of a grubby peasant woman, five rubles a kilo—and subject to all sorts of abuse—for what! I won't even describe how the boa constrictor felt. Any sensitive person would understand.

From that time on the boa constrictor generally preferred not to go out in public. But rabbits appeared on television only rarely, and when they did, it just wasn't the same. So, strange as it may seem, the fact is that on Friday, March 18, the boa constrictor suddenly turned up in the crowd at the circus, and that evening changed the course of his life.

13

Ну, что там было в первом отделении, я пропускаю — все это мы хорошо себе представляем — а вот во втором! Второе, впрочем, тоже началось достаточно банально. Ну фокусник, ну в черном плаще из подкладки. С палочкой, разумеется, и в цилиндре. Но вот он снял этот цилиндр и запустил туда бледную руку, и достал его! Беленького! С лапками и глазками и, главное, с ушками! И он сидел на тумбочке и кушал морковочку! В этот вечер сердце удава было так переполнено, что больше он уже ничего не видел. Он был счастлив, он всех любил, и продолжал любить даже по пути в гардероб, а уж вам ли не знать, что гардеробную толпу любить почти невозможно! Но он не раздражался, он был светел и кроток, только жаль было всех почему-то. Бедные, бедные, вот ведь толкаются, сердятся, а что с ними будет через пятьдесят лет!

Дома удав не спал ночь. И утром, даже не пивши кофею, ринулся немедленно покупать цилиндр. И только раз остановился по дороге — что-нибудь ласковое сказать раннему дворнику, поливавшему румяную улицу. И в семь утра был уже под магазином. Да-да, вы совершенно правы: а открывается в десять! Конечно, в холодном состоянии души такое несложно сообразить, и тогда уже совсем просто проснуться в обычное время, да почистить зубы, да позавтракать, да уходя осмотреть себя в зеркало, а потом уже, к десяти, отпрашиваться с работы! Конечно. Кто с вами спорит.

Но удав пылал и сгорал под магазином — все три часа! — и можете быть уверены, что никакого исключения для него не сделали, и не только ни секундой раньше не пустили, но напротив, задержали открытие на три с половиной минуты. Цилиндров же, разумеется, в продаже не было. И напрасно удав доказывал, что ему все равно, какой размер, но обязательно, чтоб черный и атласный, — стервозная блондинка, даже головы не поворачивая в его сторону, все долдонила свое "у нас не бывает". Стоит ли упоминать, что и в других магазинах удав ничего не нашел, даже с нагрузкой и переплатой.

Он воротился домой и печально свернулся в углу. Он не ел в этот день ни огурцов, ни бананов. И на следующий тоже. Он вообще ничего не ел, а на кухонном столе так и стоял отрешенно стакан с недопитым кофе. В конце концов друзья забеспокоились,

I'll spare you a description of the first half of the show—the usual stuff—but the second! The second half, for that matter, started out banally enough. A typical magician in a typical rustling black cape. With a magic wand, of course, and wearing a top hat. But then he took off the top hat, stuck his pale hand inside, and pulled it out. A little white ball of fur! With little paws and beady little eyes, and, most important of all, cute little ears! Sitting on a wooden stool and nibbling a carrot! That evening the boa constrictor's heart so overflowed that he noticed nothing else. He was happy, he loved everyone; he still loved everyone even on the way to the coatroom (you of all people would know it's practically impossible to love a coatroom crowd!). Far from getting annoyed, he was radiant and meek, and somehow he could only pity those around him. Poor, poor people! Here they are pushing and shoving and getting angry, but where will they be fifty years from now?

At home that night the boa constrictor didn't sleep a wink. The next morning he rushed off without drinking his coffee to buy a top hat, stopping only once on the way to say a kind word to an early morning yardkeeper hosing down the rosy street. By seven o'clock he was already in front of the store. Yes, you're absolutely right: the stores don't open until ten! Of course, in a rational state of mind it's not so difficult to figure that out, to wake up at the usual time, brush your teeth, eat breakfast, look yourself over in the mirror on the way out, and later, towards ten, take off from work. Of course! Who's arguing?

But the boa constrictor pined and ached in front of the store a full three hours while, you can be sure, no exceptions were made for him, and not only was he not admitted a second early, but the doors opened a full three and a half minutes late. Naturally, there were no top hats. The boa constrictor was only wasting his breath when he offered to take any size, just so long as it was satin and black; without even turning to face him, that blonde bitch of a salesgirl just rattled off her usual "we never carry them..., we never carry them...." Need I mention that the boa constrictor left the other stores empty-handed as well, even after offering to pay extra and to purchase items he didn't need.

With heavy heart he returned home and coiled up in a corner. That day he ate no cucumbers and no bananas. Not the next day either. He ate nothing at all, while his still unfinished cup of coffee stood untouched on the kitchen table. At long last his friends started to worry,

забегали, напряглись — и по великому блату, через длинную цепь одолжений раздобыли наконец черный атласный цилиндр. Уж не знаю откуда — то ли из костюмерной, то ли из кунсткамеры. Настоящий. На белой подкладке. И воспрявший удав, забыв даже поблагодарить, ринулся к нему, вожделенному, и замер в ожидании. Но не появились над краем цилиндра дрожащие ушки, и вообще ничего не появилось — пуст был цилиндр, холоден и официален — как ему и должно быть.

Удав, вопреки ожиданиям, не пал при этом духом, и худшие опасения друзей отнюдь не подтвердились — напротив, удав стал душевно спокоен, сосредоточен и внешне вернулся к прежнему образу жизни. Поскольку он знал, что великая страсть способна двигать судьбой.

Он смотрел на цилиндр часами, он понял, что просто еще не умеет смотреть, но ни капли не сомневался, что в один прекрасный день посмотрит Должным Образом. И, конечно, этот день наступил, и был и вправду прекрасен.

Беленький и дрожащий выскочил из цилиндра — прямо лапками на скатерть! — и встретился глазами с удавом, и в самозабвении двинулся к нему! Тут произошла заминка. Кролик неуверенно топтался вокруг удава, что-то, видимо, шло не так, а удав, ничего не замечая, умиленно и нежно смотрел на него, на его ушки и хвостик. Знаете ли вы, что кроличья лапка приносит счастье?

Кролик тем временем все больше озадачивался, но ничего не совершалось, и так, в трансе, он вышел в конце концов на улицу и двинулся по ней, не осознавая себя. Его что-то мучило, какой-то смутный долг и призвание, и всю оставшуюся жизнь этот кролик метался и изводил себя вопросами, не зная, к чему приложить свои жизненные силы. Все хотелось какого-то дела, осознания, что живешь на свете не напрасно, а под вечер, когда подступала мертвенность и тревога, все вокруг казалось так пошло и мелко, и ощущение того, что никому он не нужен, и нет ничего впереди, и в душе — пустота, заставляло его не по-кроличьи плакать. Временами мерещился ему другой мир, далекий и светлый, — мир, в котором нет сомнений, в котором все живо и исполнено смысла. Но где путь туда?

made the rounds, pulled a few strings, and after considerable finagling and by juggling a long series of outstanding favors, they came up with a black satin top hat. I don't know where they got it, perhaps from a theatrical costume dealer or a museum. But it was the real thing. With a white lining. And the elated boa constrictor, without even saying thank you, rushed towards his dream of dreams, then froze in quiet expectation. But no wiggling ears, absolutely nothing, appeared over the rim. The top hat was empty, cold, and formal, as it should be.

The boa constrictor, contrary to expectations, did not lose heart, and his friends' worst fears were hardly justified. Rather, he grew calm in spirit, more focused, and at least superficially returned to his former way of life. For he knew that great passion could alter the course of fate.

For hours on end he would stare at the top hat, aware that he still didn't know the Right Look, yet never for an instant doubting that one marvelous day he would find it. And, of course, that day came and marvelous it was.

Wiggling and white, out of the top hat it hopped (all four paws right onto the tablecloth!), looked the boa constrictor straight in the eye, then, in a moment of self-oblivion, edged towards him! Suddenly something snapped. The rabbit hopped uncertainly around the boa constrictor—something, obviously, just wasn't right—while the boa constrictor, noticing nothing, gazed lovingly, tenderly at the rabbit, at his ears and his cotton tail. Do you know that a rabbit foot brings good luck?

The rabbit grew more and more perplexed, though nothing was really happening, and finally, in a trance, with no idea what he was doing, he went outside and headed down the street. Something troubled him, some vague debt or calling, and for the rest of his life the rabbit would wander restlessly, wracking his little brain for answers, never knowing where or how to apply his energies. He craved a cause, cognizance that life on this earth is not in vain, but by evening, when a sense of moribundity and alarm began to set in, everything around him seemed so banal and petty, and the feeling that no one needed him, that nothing lay ahead for him, that his soul was completely empty, reduced him to anything but rabbit tears. At moments he glimpsed another world, a world distant and radiant, where there were no doubts and where everything flourished and overflowed with meaning. But where was the way there?

А удав, счастливый и тихий, каждый вечер смотрел на цилиндр, и каждый вечер вылезал оттуда кролик, топтался и в конце концов уходил очумело. Где-то, наверное, эти кролики встречали друг друга, и вместе вздыхали, и о том же вели разговоры, и жали слабые лапки.

All the while every evening the boa constrictor, joyous and calm, continued to gaze at the top hat, and every evening a rabbit would crawl out, hop around, and, finally, leave in a daze. Somewhere, probably, those rabbits would run into each other, heave a common sigh, talk about one and the same thing, and clasp their weak little paws.

ГОЛОС

Да, был-таки, был этот пустячок за Андреем Ивановичем, что уж тут отрицать, — водился! А с другой стороны — сами посудите, что ж особенного? Сплошное естество, и кто бы удержался на его месте — из тех, конечно, кто вообще бы сообразил?

Как человек разумный, Андрей Иванович смолоду еще изучил до тонкостей женскую психологию — и тонкостей этих там нашел всего две. В частности, он знал, конечно, что нежный этот пол претендует на сверхъестественную чуткость восприятия, и потому каждая вторая прикидывается ведьмой, в то время как является таковой не более, чем каждая тридцатая.

И что ж тут удивляться, если он в подобном общении вовремя вздрагивал и расширял зрачки, отшатывался, заслоняя ладонью глаза, а иногда даже грохался на колени? Это же хрестоматийно, что никакая женщина не обидится, если поднять ее к телефону в полтретьего ночи и, дыша взволнованно, долго спрашивать, все ли в порядке — приснилась, мол, как-то тревожно — вот и томит предчувствие, прошу прощения за поздний звонок. Если что, я хватаю такси и приезжаю... Нет-нет, я вас уверяю, что ни одна не обидится, а, напротив, будет еще и польщена.

Так что вечером 1981 года Андрей Иванович, магнетически держа Лизаньку за запястья, шептал отрешенно:

— Верите ли, Лизанька, у меня есть такой внутренний голос, и он никогда мне не лжет и солгать не даст... Так вот, хоть не мне, но ему поверьте...

И всё. И кончилась если не счастливая, то нормальная по крайней мере жизнь Андрея Ивановича! Ухнула, и нет ей вовеки возврата! Потому что в самый этот момент грянуло откуда-то изнутри Андрея Ивановича грубое "ВРЕШЬ!", да с такою громкостию, что бедный Андрей Иванович замахал руками, оглох и ослеп.

THE VOICE

Okay, Andrei Ivanovich did have one tiny shortcoming, what's the use of denying it, he did! On the other hand, you be the judge, what's so strange about that? It's perfectly natural. And besides, who, in his shoes, would have held out? And of those, of course, who ever would have known?

Like any sensible man, Andrei Ivanovich had from an early age probed the profound subtleties of female psychology, and of those subtleties he had found only two. Specifically, he knew, of course, that the weaker sex considered itself to be endowed with gifts of extra-sensitivity, and that owing precisely to this phenomenon every second female made herself out to be a witch, though, in fact, no more than one in thirty was.

What then is so surprising if, dealing with women, he chose just the right moment to begin to tremble and dilate his pupils, throw back his head, his hand to his forehead, and even from time to time fall to his knees? It's textbook knowledge that no woman would ever take offense at being called to the phone at two-thirty in the morning and asked with bated breath and in great detail whether everything was all right: you were in this dream . . . sort of upsetting, you know . . . and this feeling's been bothering me. . . . I'm really sorry for calling so late. . . . If anything's the matter, I'll jump in a cab and come right over. . . . Not a single one, I assure you. Just the opposite, she'd be flattered.

So it was that on the evening of 1981, Andrei Ivanovich held Liza Darling's wrist in his magnetic grip and whispered with abandon: "Believe it or not, Liza Darling, I have this inner voice, and it never lies to me and it never lets me lie.... So, if you won't trust me, trust it...."

And wham! Andrei Ivanovich's normal if not entirely blissful life came to a sudden stop! Gone, never to return! For at that very moment from somewhere inside Andrei Ivanovich there came a thunderous "LIAR!," with a force that sent the poor fellow reeling, leaving him deaf and blind.

Приходил он в себя медленно и по частям, а когда пришел окончательно, то на кухне уже никого не было, а все танцевали в гостиной, погасив предварительно свечи. Тут Андрей Иванович осторожно ощупал затылок, но ничего не ощутил, потому что немедленно его настиг издевательский вопрос:

— А что бы ты, собственно, хотел там найти?

— Ась? — только и нашелся ответить Андрей Иванович и понял, что начинает сходить с ума.

— Велика потеря! — неуважительно фыркнуло у него внутри, но представиться не сочло нужным. Короче говоря, в тот вечер Андрей Иванович действительно обрел свой Внутренний Голос, но лучше бы он этого не делал.

Следующий день был понедельник, и невыспавшийся Андрей Иванович ехал себе на работу, тяжело повисая на поручне, когда автобус заворачивал. Конечно, его спросили, нет ли лишнего талончика, и он ответил машинальным "нет" — и был немедленно сбит с ног новым громовым "ВРЕШЬ!". Характерно, что никто из окружающих вроде бы ничего не слыхал, и стон и падение Андрея Ивановича отнесли на счет внезапной остановки машины. Встрепанный Андрей Иванович в изумлении спросил Голос:

— Вы чего это?

— А не ври, — непреклонно ответил Голос, но тут же смягчился и позволил в дальнейшем обращаться к себе на "ты".

— Да что ж тут такого, — пробовал оправдаться Андрей Иванович. — Что ж, я ей должен был объяснять, что у меня только один на обратную дорогу и остался?

— Это уж твое дело, чего ей объяснять, — ответствовал Голос. — А про вранье забудь, по-хорошему предупреждаю. Ведь учили ж тебя папа с мамой!

Андрей Иванович пробовал припомнить, чему его учили, но от этого легче не стало, и чем дольше он думал, тем обиднее ему становилось. И в конце концов не сдержался и вскипел в мятеже Андрей Иванович:

— Да что ж это за рабство такое?!

— Рабов лупили, а я тебя, дурака — воспитываю, — немедленно отозвался Голос, чем возмутил Андрея Ивановича еще больше.

— Спасибо за такое воспитание! Что ж, я теперь уже не имею права...

He came to his senses only slowly and gradually; by the time he had revived no one remained in the kitchen. They had extinguished the candles just in case and were dancing in the living room. Andrei Ivanovich carefully fingered the back of his head, but before he could find anything, he was assailed by the mocking question, "And what, pray tell, did you hope to find back there?"

"What?" And no sooner did Andrei Ivanovich answer, than he realized he was beginning to lose his mind.

"Big loss!" came yet another disrespectful quip from somewhere inside him, not deigning to introduce itself. In short, that evening Andrei Ivanovich did indeed acquire his Inner Voice, though he'd have been better off if he hadn't.

The next day was Monday, and an ill-slept Andrei Ivanovich rode to work, minding his own business and hanging heavily on the overhead rail whenever the bus turned a corner. Of course, someone just had to ask if he had an extra token, to which he automatically answered "no," only to be knocked right off his feet by yet another thunderous "LIAR!" Naturally, no one around him seemed to have heard anything, and Andrei Ivanovich's moan and fall were attributed to the bus's sudden stop. Astounded, the dazed Andrei Ivanovich asked the Voice:

"What are you doing?"

"Stop lying," answered the Voice sternly, then suddenly softened, permitting Andrei Ivanovich to address it as an equal.

"What's the big deal?" Andrei Ivanovich attempted to exonerate himself. "Was I supposed to explain to her that I have only one left for the trip home?"

"That's your business," responded the Voice. "But you'd better forget about lying. I'm warning you for your own good. Didn't your mother and father teach you any better?"

Andrei Ivanovich tried to recall what they had taught him, but that didn't make things any easier, and the longer he thought, the more insulted he felt. Finally, he could restrain himself no longer and seethed with mutinous rage: "What sort of slavery is this?!"

"Slaves were whipped. I'm giving you an education, you fool," the Voice snapped, only further enraging Andrei Ivanovich.

"Thanks for the education! So, now I don't even have the right to. . . . "

23

— А за какое ж это право ты, голубчик, так цепляешься? Ну-ка, ну-ка, сформулируй! — оживился Голос, и тут Андрею Ивановичу стало как-то неудобно, и угас в нем нечувствительно первоначальный бунтарский дух. Голос, впрочем, не стал добивать лежачего, и до работы они дошли тихо и мирно.

— Действительно, — думал Андрей Иванович, — привычка-то гадкая, да и не привычка это вовсе — так, иногда сорвется... Несложно будет и воздержаться. Как-никак, я не аферист и не взяточник, нормальный порядочный человек... Ведь порядочный же? — взмолился Андрей Иванович, но Голос на это промолчал, что и было сочтено беднягой за знак согласия.

Рабочая неделя начиналась, как всегда, с политинформации, и на этот раз выступать было Андрею Ивановичу.

— Хорошо еще, что подготовился, — подумал он, — не придется выкручиваться!

И, бодро развернув газету, он начал читать, как действия чуждых социализму сил идут вразрез с польскими общенародными интересами, но не дочитал.

Очнулся он, когда всем отделом поливали его из графина, а начальник участливо спрашивал: "Что? Сердце?" — всем видом выражая готовность отпустить Андрея Ивановича домой. Но подтвердить, что да, сердце, Андрей Иванович не посмел, а насильственно улыбнулся и сказал, что теперь уже все прошло.

— Ну, а теперь-то что не так?! Где я соврал? — внутренне возопил Андрей Иванович немедленно после того, как его оставили в покое.

— Вот во второй фразе и соврал, первая-то была еще ничего, — с готовностью ответил Голос. — Да ты мне газетку не тычь, врет твоя газета!

— А мне же откуда знать? — впал в окончательное недоумение Андрей Иванович. — Я ж там, в Польше, не был!

— А не повторяй, чего не знаешь. Политинформацию ты делаешь или кто? — сурово отрезал Голос, и этим окончил разговор.

Нетрудно теперь сообразить, какое безобразие началось днем и ночью для Андрея Ивановича. Прежде всего выяснилось, что он понятия не имеет, сколько раз на дню ему приходится врать, и в каком именно случае он врет, а в каком говорит правду.

24

"What right, man? Come on, let me hear about your right!" the Voice grew animated, whereupon Andrei Ivanovich began to feel somewhat uncomfortable, his initial rebelliousness waning lifeless within him. The Voice, however, was not one to kick a man when he's down, and the two of them made the rest of the trip to work in peace and quiet.

"Really," thought Andrei Ivanovich, "it is a disgusting habit, and not even a habit for that matter, it just slips out sometimes.... It shouldn't be too hard to control myself. After all, I'm not a con-man, I don't take bribes, I'm just your average decent human being.... I am decent, aren't I?" Andrei Ivanovich pleaded, but the Voice kept silent, its silence interpreted by our poor hero as a sign of agreement.

The work week began, as always, with a political indoctrination meeting, and it was Andrei Ivanovich's turn to speak.

"Thank goodness I prepared," he thought. "I won't have to wriggle my way out."

Opening his newspaper with a flourish, he began reading aloud about how anti-socialist forces were acting contrary to Polish national interests. . . . He never made it to the end of the article.

When he came to, the entire department was dousing him with water from a pitcher, and his boss was asking sympathetically "What is it, your heart?" with a look that expressed a complete willingness to let Andrei Ivanovich have the rest of the day off. Andrei Ivanovich, not daring to assert that yes, it had been his heart, just forced a smile and said that whatever it was had passed.

"Now what's the matter? Where did I lie?" Andrei Ivanovich protested inwardly as soon as he was alone.

"The first part of the sentence was all right, it was in the second half that you lied," the Voice answered without hesitating. "And don't shove that newspaper at me! Your newspaper's a liar too!"

"Well how am I supposed to know?" Andrei Ivanovich collapsed in total confusion. "I've never been to Poland!"

"Then don't spread your ignorance. Were you chairing the political indocrination meeting or not?" the Voice cut him off sharply, and on that note the conversation ended.

By this point it shouldn't be too hard to picture the nightmare that had become Andrei Ivanovich's life. It became clear before all else that he had been completely unaware of just how many times a day he needed to lie, when exactly he was lying, and when he told the truth.

— Да ты не смущайся, я тебе обозначу, — обнадеживал его Голос, но вы сами можете себе представить, до чего слабо это могло утешить. Потому что в каждом конкретном случае Голос действительно обозначал, и хотя Андрей Иванович уже достаточно приспособился к акустическим ударам, чтобы не валиться с ног, но с каждым разом ему становилось все обиднее. Как щенка, за шкирку! Всем, видите ли, можно, а Андрею Ивановичу, видите ли, нельзя!

— Да, тебе нельзя, — спокойно подтверждал Голос и в дальнейшие дискуссии не вступал.

— А когда заставляют?

— И когда заставляют, нельзя.

— Да отвяжись же ты от меня, проклятый! — вылетал вопль из души Андрея Ивановича и, беспомощно хлопая крылышками, кувыркался в безвоздушном пространстве. Но, как легко догадаться, тщетно. Тогда Андрей Иванович пустился на хитрость. Соображая, как бы можно спрятаться от Внутреннего Голоса, он решил изнутри прикинуться кем-нибудь совсем другим. Это, по его расчетам, должно было сбить Голос со следа. Для пробы Андрей Иванович внутренне расправился, поглупел, раздул щечки — и превратился в собственного своего начальника Петра Ильича. И действительно, помогло, и даже пару раз удалось соврать — без особой нужды и охоты, а просто так, для пробы. Голос действительно отрешился и пропал, и все было хорошо, пока Андрей Иванович не пришел на работу и не увидел несчастного, задерганного Чижикова, которого начальник в ту пору люто ел. Повести себя с ним, как Петр Ильич, Андрей Иванович просто не мог, и плюнул на все, и пожал ему локоть, спросил про детишек и выслушал подробности про всех троих.

— А, наконец-то объявился! — удовлетворенно проворчал Голос, и вся хитрость Андрея Ивановича пошла прахом.

Позже он пробовал еще становиться маленьким Андрюшей, это было совсем не противно, да и Голос смягчался и выбирал выражения, но маленькому Андрюше было не по себе во взрослых делах и склоках, он скоро уставал и начинал плакать. Так что этот путь Андрей Иванович отставил как нечестный. Тогда им овладело благородное безумие.

"Don't worry, I'll let you know," the Voice assured him, but you can imagine what little comfort that brought. Every single time he lied, the Voice would let him have it, and although Andrei Ivanovich grew sufficiently accustomed to the acoustic blasts not to lose his balance, he got all the more indignant with each occurence. Like a puppy, dangled by the scruff of the neck! Everybody else can, but no, not Andrei Ivanovich!

"No, not Andrei Ivanovich," calmly insisted the Voice, and refused to discuss the matter further.

"But suppose I'm forced?"

"Even if you're forced, you can't."

"Damn you, just leave me alone!" An anguished moan fluttered from Andrei Ivanovich's soul, then futilely beating its wings, somersaulted into the void. But, as one might easily guess, to no avail. Then Andrei Ivanovich tried subterfuge. Imagining how he might elude his Inner Voice, he decided to pretend to be somebody else inside. He figured that this ought to throw the Voice off his trail. As an experiment, Andrei Ivanovich straightened his inner tie, subtracted a few IQ points, puffed up his cheeks—and turned into his boss, Piotr Il'ich. It worked! A couple of times he even managed to lie, not from any particular need or desire, just for the sake of experiment. The Voice really had switched itself off and disappeared, and everything was fine—until one day Andrei Ivanovich arrived at work and caught sight of poor, bedraggled Chizhikov, the boss's current doormat. Andrei Ivanovich simply could not bring himself to treat the man the way Piotr Il'ich did and, no longer caring scat about his experiment, he squeezed the man's arm and asked him about his children, patiently listening to the details about all three.

"Ah-hah! You finally showed your true colors!" the Voice snarled with satisfaction, and Andrei Ivanovich's entire intrigue collapsed in shambles.

Later he tried regressing to Little Andriusha, which wasn't all that distasteful, and the Voice softened a bit and chose its words more carefully. But Little Andriusha, out of his depth in adult situations, would wear down quickly and burst into tears. So Andrei Ivanovich abandoned that tactic as unfair. And then he was overcome by a noble madness.

— Хочешь? Получай! — мысленно приговаривал он и резал правду-матку так, что шорох кругом стоял.

— Ну, — говорил Голос с оттенком удивления, — ты даешь!

И Андрей Иванович действительно давал. Вскоре у него накрылась кандидатская, из младших научных его подвинули в лаборанты, женщины все как-то рассосались, и осталась одна, сама не понимающая, что, собственно, она в нем находит.

Ей Андрей Иванович про свои горести не рассказывал, она узнавала стороной, и тогда грустила, а Андрей Иванович начинал героически врать, что все это временно и вообще все хорошо.

— Что ж ты тут не орешь, гад? — хамил он Голосу, — давай, включай свою акустику!

Но как он ни нарывался, Голос в таких случаях только хмыкал в ответ, а отыгрывался на чем-то другом. Так этот кошмар длился около года, и Андрей Иванович отощал, взлохматился, а уж начинал и бросал курить несчетное число раз. И вдруг — потому что никакие мучения не вечны — Голос куда-то канул, и однажды утром Андрей Иванович его более не услышал, и так, не слыша, проходил весь день. Пару раз в спорных ситуациях он, как обычно, пробовал поторговаться с Голосом, будет это или не будет враньем, но ответа не получил и повел себя на свое усмотрение. И опять-таки — никакой реакции!

Такая безучастность даже обидела Андрея Ивановича и подпортила ему радость освобождения, однако он все же ликовал до самого вечера, а там опять сник. В конце концов, это свинство — втравить его в кучу таких проблем, а потом оставить без ответа! Хорошее дело — разбирайся теперь сам как можешь, поговорить и то не с кем!

— Вот возьму — и опять стану врать, как нормальный человек, — мстительно подумал Андрей Иванович, но знал уже, что не станет. И знал, что теперь-то только и начнется, да еще найдет ли он свою правоту, а когда найдет, то выдержит ли все, что за этим последует. А впрочем, должен выдержать, кто он такой, чтоб не выдержать — ведь держался же до сих пор!

— Подумаешь, снял намордник! Пусть не воображает! — разгорался Андрей Иванович, неизвестно кому адресуя свою обиду, а впрочем, уже догадываясь — кому.

14 ноября 1981

"You want it? You got it!" he chanted to himself and proceeded to tell truths that sent fur flying wherever he went.

"Son of a gun!" said the Voice with a note of surprise.

And Andrei Ivanovich shot up a real storm. In no time he was expelled from the doctoral program, demoted from junior researcher to lab assistant, and all the women lost interest, all except one, that is, though she herself couldn't say what it was she saw in him.

Although Andrei Ivanovich told her nothing of his woes, she found out on her own and felt sorry for him; still Andrei Ivanovich played the hero, lying about how all this was temporary and that generally everything was fine.

"So why aren't you shouting at me, you bastard?" he cursed the Voice. "Come on, crank up the volume!"

But no matter how hard he pushed, the Voice only harrumphed and waited for some other time to get even. This nightmare continued for nearly a year. Andrei Ivanovich lost weight, his hair grew shaggy, and he started and quit smoking innumerable times. Then suddenly (for no torment is eternal) the Voice just vanished, and one morning Andrei Ivanovich stopped hearing it. A couple of times in debatable situations he tried to haggle as usual with the Voice over whether what he was about to say was a lie or not, but receiving no answer, he behaved as he himself saw fit. And still no reaction!

Such indifference actually offended Andrei Ivanovich and dampened the joy of his liberation, though he rejoiced the whole day nonetheless—until evening, that is, when his mood again sobered. Of all the rotten things to do: miring him in all these problems, then leaving him without so much as an answer. Sure, figure it out on your own. Easier said than done. Especially when there's no one left to talk to!

"I'll just start living again, like a normal human being," Andrei Ivanovich thought in revenge, knowing full well that he wouldn't. And he knew, too, that this was just the beginning, that he might never find his own truth; and, even if he did, would he be able to take the consequences? On the other hand, he had to, how could he not? After all, he'd taken it so far!

"The muzzle's off, so what! Just don't get any big ideas," Andrei Ivanovich raged, not knowing at whom precisely he vented his wrath, though, in fact, he already had a pretty good idea.

14 November 1981

КИЕВСКИЙ РАССКАЗ

Хорошее было время — почки, лужи, октябрята на улице, строем — быстрее, быстрее, кто там отстал — ты, Николаев? Смотри у меня! И подсыхал Бибиковский бульвар, и ласково шелестели на нем цветные бумажки — в спринт играли жаждущие: эх, не надо, не надо пять тысяч, одну хотя бы, хотя бы одну, и я войду в дом как мужчина — Надежда, скажу я... Но не рвется проклятая бумажка, а может, и нет в ней ничего? Жизнь, милая, ну за что ты меня так не любишь?

Хорошее было время, и место тоже ничего себе, но и временем и местом был недоволен непризнанный поэт Никифоров, который шел себе по бульвару в сторону Бессарабки, и чем дальше, тем грустнее ему становилось: ох, нехорошо кончался бульвар на том конце!

Нет, подумал Никифоров, не пойду. Нету сил.

А куда пойти, он не знал, потому что идти домой друг его, встреченный час назад, очень и очень не советовал, а к другу тоже было нельзя, а уж тем более нельзя к Майечке... гиблое место, думал поэт Никифоров.

Разумнее всего было бы пойти на вокзал и сейчас же уехать, но без чего угодно может прожить человек — без жены, без квартиры, без работы даже, и тем более без любви и ласки, и без хлеба можно прожить, и без масла — не спорьте, это уже проверено — безо всего этого, говорю я, можно обойтись. Кроме одного. Нельзя прожить без документов.

А документы поэт Никифоров держал в тумбочке в том самом доме, куда очень и очень... Раз нельзя на вокзал, рассудил Никифоров, то можно в метро. И он кинул в щелку нагретый пятак, и с неприятным чувством прошел между стойками — все ему казалось, что лязгнут сейчас автоматы и грянет свисток.

Он вышел на Брест-Литовский проспект, и снова накинулась на него весна, затормошила и насмеялась над ним в лице птицы грача, ослепила и в довершение всего визгнула на него тормозами. Ну и ладно, подумал Никифоров. И поскольку был он хоть и непризнанный, а все-таки поэт, то тут же и свалял дурака.

A KIEV STORY

It was a fine time, a marvelous time: budding leaves, puddles, October Scouts marching down the street in single file. Come on, come on, who's that straggling behind? You Nikolaev? I've got my eye on you! And Bibikovsky Boulevard just beginning to dry out after the thaw, multi-colored bits of parchment rustling gently along in the wind, thirstily racing each other: Eh! Who needs five thousand? Just one, just one, and I can put it to her like a man. Nadezhda, I'll say.... But that *one* isn't there—well maybe it's worthless anyway. Life, dear life, why don't you like me?

It was a fine time, a marvelous time, and the place wasn't all that bad either, but as he walked down the boulevard towards Bessarabian Square, Nikiforov, a poet as yet undiscovered, was dissatisfied with both the time and the place, and the farther he walked, the sadder he grew: there was no good at that end of the boulevard!

No, thought Nikiforov, I won't go. I don't have the strength.

But he had no idea where else to go, for a friend he had met an hour ago had strongly advised him that he absolutely must not go home, but he couldn't go to his friend's either, and he certainly couldn't go to Maiechka's.... It'd be suicidal, thought Nikiforov the poet.

The most sensible thing to do was to go straight to the train station and leave town immediately, but a man can live without anything—without a wife, without an apartment, even without a job, all the more so without love or tenderness—and he can live without bread and without butter (don't argue, it's already been proven). He can make do, I tell you, without any of this. Except for one thing. No one can live without papers.

But Nikiforov the poet kept his papers in a dresser drawer in that same house where he absolutely must not.... Well then, if the train station is out, rationalized Nikiforov, that leaves the metro. And he dropped a warm five-kopeck piece into the slot and passed through the turnstile, half afraid that the mechanism would slam shut and a whistle would blow.

He got out at Brest-Litovsk Prospect, where spring once again accosted him: in the guise of a small grackle it badgered and jeered him, then it blinded him, and, to complete the barrage, screeched at him with its brakes. Enough, thought Nikiforov. And being a poet, as yet undiscovered but nonetheless a poet, he decided then and there to play the fool.

Вместо того, чтобы хоть как-нибудь действовать — логично, продуманно, а главное — быстро, — он остановился посреди проспекта и уставился на деревья каштаны. Те не спеша выгоняли листочки, и не было в этих листочках самодовольной эмблемы, ничего такого они еще не значили, а висели себе лохмато и трогательно, как необрезанные щенячьи уши.

Никифорову почему-то стало обидно. Ну их всех, подумал он, вот стану здесь на газончике — и во что-нибудь такое превращусь, и тоже уши развешу. А там глядишь — и времена переменятся, кинутся тогда черновики восстанавливать — а я тут как тут! Он оглянулся, не смотрит ли кто, разулся и стал укореняться. Пошло хорошо.

— И как же я, дурак, раньше до этого не додумался? — блаженно соображал Никифоров, выкидывая первый лист. Вскоре он познакомился с соседями. Ближайший, Яков Семенович, стоял тут с 52-го года и числился ветераном. Он помнил и оттепели, и засухи, хорошо изучил в свое время, куда щепки летят, и раз навсегда научился не поддаваться предательским апрельским обманам. Никифоров узнал от него много интересного и в свою очередь поделился последними новостями. Яков Семенович, впрочем, был в курсе.

Другим симпатичным соседом был Володечка, мальчик из интеллигентной семьи, совершенно, как оказалось, неподготовленный к простым житейским ситуациям. Он бредил Скрябиным, любил Анненского и хотел когда-нибудь стать историком. В сравнении с ним Никифоров чувствовал себя усталым и мудрым, и ощущение это оказалось приятным, хотя и грустным, конечно. С остальными Никифоров тоже быстро сошелся и стал постепенно втягиваться в общий неспешный ритм.

Но однажды ночью проснулся от предчувствия и разбудил Якова Семеновича. Они молча дождались рассвета, серого и теплого, с мелким дождичком, и все вроде бы шло как обычно — прошуршали дворники, сгустился поток на шоссе, и вот-вот начаться бы часу пик — а там и день, и, может быть, стало бы полегче, но тут напротив них остановилось несколько машин.

Instead of taking some action—logical, rational, and above all immediate, action—he stopped dead, right in the middle of the prospect, and fixed his gaze on the chestnut trees. They were slowly exposing their leaves, leaves still too young for self-satisfied emblems, which as yet symbolized absolutely nothing but simply hung there, minding their own business, fuzzy and touching, like untrimmed puppy ears.

For some reason Nikiforov felt insulted. Damn them all, he thought, I'll just plant myself here on the boulevard, turn into one of these, and put my ears to the ground too. And before you know it times will have changed, everyone will be dying to reconstruct my drafts, and I'll just stand here and watch it all! He glanced around to make sure no one was looking, took off his shoes, and began to set down roots. It went well.

"Fool! Why didn't I think of this earlier?" Nikiforov wondered blissfully as he sprouted his first leaf. Soon he had met all his neighbors. The nearest, Yakov Semionovich, had been standing here since 1952 and was regarded as the old-timer. He remembered all the thaws and the dry spells, had discovered over time which way the chips flew, and had trained himself never again to be fooled by April's treacherous deceptions. Nikiforov learned many interesting things from him and, for his part, offered to tell Yakov Semionovich the latest news. Yakov Semionovich, however, was quite up to date.

Another likable neighbor was Volodechka, the son of intellectuals who was, it turned out, completely unprepared for the simplest of life's situations. He adored Scriabin, loved Annenskii, and aspired to become an historian some day. Compared to him, Nikiforov felt world-weary and wise, and the feeling proved pleasant, though a bit depressing, of course. Nikiforov soon fell in with the others and was gradually drawn into their common unhurried rhythm.

Then one night he was awakened by a premonition and roused Yakov Semionovich. Together they waited in silence for the dawn to break, gray and warm with a light drizzle, and everything seemed to be going as usual—the street cleaners swished by, the stream on the asphalt intensified, and it was almost rush hour; then would come the day, and, perhaps, the situation would improve—when all of a sudden several trucks pulled up across the street.

Оттуда вышли и что-то вынесли, что — Никифоров не разглядел. С этим они подошли к ближайшему от угла дереву, и еще до того, как раздался выматывающий душу механический вой, Никифоров понял: будут пилить. Он увидел, как свалился тихий Андреич, но уже знал, что сам он еще успеет уйти, если сейчас, если сию секунду... и с отчаянием рванул корни.

— Я же просто гуляю, — думал он, заслоняя Володечку, — ничего, что я босиком — вот такой я чудак... бег трусцой вокруг дома... как Лев Николаевич... а на газоне я случайно, готов штраф заплатить... Володечка! Ты запомнил адрес? Ты не перепутаешь? Майечка добрая, ты ее не стесняйся, так ей все и скажи... да быстрее же, дурачок, вон беги за автобусом!

И проводив его глазами, Никифоров выждал минуту, а потом ступил на асфальт и устремился следом. Но тут же почувствовал руку на своем плече.

Out of the trucks they came, carrying something—Nikiforov couldn't make out what it was. They approached the tree closest to the corner and even before he heard the machine's soul-rending screech, Nikiforov realized they'd come to saw down the trees. He looked on as quiet Andreich collapsed, knowing that he himself still had time to escape if he did it right now, right this second. . . . And in despair he yanked out his roots.

"I'm just out for a walk," he thought as he leaned on Volodechka. "What if I'm barefoot? I'm a bit weird that way, out for a trot around the block, like Lev Tolstoy. As for walking on the grass, it was a mistake, I'll pay the fine. . . . Volodechka! You remember the address, don't you? You won't get it mixed up? Maia's a kind person, you don't have to be afraid with her, you can tell her the whole story. . . . Go on, move, you little dope, quick, run for the bus!"

Nikiforov watched him go, then, waiting for the right moment, stepped out onto the asphalt and was about to follow him. Just then he felt a hand on his shoulder.

СКАЗКА О ТРЕХ ГОЛОВАХ

Жил-был один дракон, большой лентяй.

У нормальных драконов, как известно, от семи до двенадцати голов, этот же отрастил себе только три, да и то с трудом. Всё же эти трое исправно соображали на троих, каждый раз воруя из автомата стаканы.

В один прекрасный четверг сел дракон обедать. Как положено: три тарелки с первым, три — со вторым, и три вишневых компота. Первая и Третья головы заулыбались и стали облизываться, а Вторая подумала: Это ж сколько посуды мыть! — и затуманилась.

Помолчала-помолчала, а потом как брякнет:

— Надо, ребята, всю посуду обобществить. Вали все как есть в одну миску!

— И компот?! — ужаснулась Третья голова.

— И компот! — рявкнула Вторая, хотя про компот-то она и не подумала. Но делать нечего — не пропадать же почину!

Обобществили: стали есть. Тут-то Вторая голова себя и показала: хруп-хруп, и все подмела. Тем двум головам только вишневые косточки остались. Но Вторая голова быстренько им доказала, что в косточках как раз — все витамины. И обе головы как-то автоматически сказали Второй ''спасибо'', когда дракон вставал из-за стола. Хитрая голова сначала удивилась, но потом сделала свои выводы.

На следующий день она и говорит:

— Надо, ребята, организовать у нас ячейку. Нас тут как раз трое — и до сих пор не охвачены.

— А зачем нас охватывать? — робко спросила Первая голова.

— Надо, — внушительно ответила ей Вторая (потому что она уже поняла, что отвечать следует внушительно).

— Ну раз надо, то конечно, — согласилась Первая, — а что мы будем делать?

— А вот, что положено, то и будем делать, — отвечала Вторая. — Да вы не смущайтесь, мы с вами таких дел наворотим!

— А я не умею дела воротить, — заикнулась было Первая.

A TALE OF THREE HEADS

Once upon a time there lived a dragon who was very, very lazy.

Normal dragons, as we all know, have from seven to twelve heads, but this one could grow only three, and those just barely. All in all, though, the three managed quite well over a bottle, stealing their drinking glasses from public soda water dispensers.

One fine Thursday the dragon sat down to dinner. As usual, there were three servings of the first course, three of the second, and three of the cherry compote for dessert. The First and the Third heads were smiling and licking their chops, while the Second was wondering, "Just look at all those dishes to wash." And grew downcast.

The Head didn't say anything for a while, then suddenly it burst: "Listen, we should collectivize the dishes. Throw all the food just as it is into a single bowl!"

"Even the compote?" the Third Head gasped in horror.

"Even the compote," insisted the Second, although it hadn't thought about the compote. There was no other way: can't start by compromising the initiative.

So they collectivized and started eating. Here the Second Head showed its mettle: chomp, chomp, and it had gobbled everything up. The other two were left with only cherry pits. But the Second Head was quick to point out that those pits contained all the vitamins. And as the dragon got up from the table the other two heads automatically thanked the Second. At first the clever head was amazed, but later it drew its own conclusions.

So the next day it said, "Listen, we should organize a cell. There are exactly three of us here and we're still not consolidated."

"Why do we need to be consolidated?" timidly inquired the First Head.

"We should," answered the Second with conviction (it had already figured out that one should always answer with conviction).

"Well, if we should, we should," agreed the First, "but what are we going to do?"

"We'll do what we're supposed to do," answered the Second. "Don't worry. Together we'll get things moving around here."

"I don't know how to move things," the First began, then stopped short.

— Не умеешь — научим, не хочешь — ...

— Хочу, хочу! — поспешно сказала Первая голова, которой уж очень страшно показалось узнать, что будет, если вдруг она не захочет.

— Вот и ладненько, — бодро сказала Вторая, уже заметно войдя во вкус.

— И ты, конечно, тоже с нами? — подмигнула она Третьей голове.

— Да нет, я как-то... — промямлила Третья голова, не реагируя на подмигиванье. Теперь уже обе головы на нее набросились:

— Ты что же, такая-сякая, от коллектива отрываешься?!

— Ну, я подумаю... — слабо отбивалась Третья, явно сдавая позиции.

— Ну, подумай, подумай! Умнее других, значит, быть хочешь. Крепко подумай! — сказала Вторая голова каким-то новым тоном и тем положила конец беседе.

Всю ночь Третья голова вздыхала, всхлипывала и размазывала слезы ушами. А наутро сказала, что она хоть и не все понимает, но все же, в общем согласна и против коллектива не пойдет.

Организовали ячейку.

Стали потихоньку дела воротить, хотя Третья голова по-прежнему не все понимала. Другие драконы, даром что с двенадцатью головами, стали в пояс кланяться. А кто пробовал по старой привычке огнем дышать, того съедали: раз — и нету.

И так оно все шло и шло, пока Третья голова наконец не стала кое-что понимать. Тут Вторая голова забеспокоилась.

— Что-то больно грамотная стала у нас Третья, — сказала она Первой голове, — к тому же уклон у нее какой-то правый... Не навязала бы она нам ненужную дискуссию!

Короче, подумали они, пошушукались, — и съели Третью голову.

И все бы дальше пошло неплохо, да только Первая голова стала после этого как-то дергаться и кричать по ночам. А это было очень неудобно, тем более, что при создавшемся положении у нее половина голосов.

Пришлось Второй голове дождаться ночи и ее съесть. А удивленным знакомым она говорила, что Первая голова находится на излечении с полным обеспечением по состоянию здоровья.

"What you don't know, we'll teach you, and what you don't want to...."

"I want to, I want to!" the First Head answered quickly, by now afraid to find out what would happen if suddenly it didn't want to.

"That's the spirit," bellowed the Second with obvious gusto.

"You're with us too, of course?" it winked at the Third Head.

"Well, no, actually, I uh...." mumbled the Third Head, ignoring the wink. This time two heads sprang to the attack: "So you think you're too good to join the collective, do you?"

"Well, I'll think about it," the Third countered feebly, clearly weakening its stand.

"Think about it, think! You want to be smarter than the rest of us, do you? Think about it real hard!" said the Second Head, changing its tone, and with that put an end to the discussion.

All that night the Third Head sighed, and sniffled, and wiped away the tears with its long ears. The next morning it said that well, it still didn't really quite understand the whole thing, but it guessed so and wouldn't stand in the way of the collective.

A cell was organized.

Slowly they began to make things move, though the Third Head understood no more now than earlier. All the other dragons, even those with twelve heads, would bow from the waist whenever they met the three-headed dragon. And anyone who out of habit tried the old fire-breathing trick was gone in a single gulp.

And so it went, and went, until the Third Head finally began to understand a thing or two. And the Second Head got nervous.

"That Third Head's getting awfully damn smart these days," it said to the First Head. "It's also got a distinct slant to the right.... What if it starts bogging us down with needless discussion."

In short, they put their heads together, whispered back and forth for a while—and ate the Third Head.

Everything would have gone just fine after that, but the First Head started twitching and calling out in its sleep, which was most awkward, especially now that it controlled half of the vote.

The Second Head had no choice but to wait for nightfall and to eat the First. To their shocked acquaintances it said that for reasons of poor health the First Head had been retired to a sanatorium, all expenses paid.

Ну а дальше все пошло уже совсем хорошо. И те, которые с семью головами, по-прежнему кланялись в пояс, а те, которые с двенадцатью и вовсе куда-то запропали.

А потом наш дракон, теперь уже одноголовый, поленился на конечной станции метро. И ему защемило голову дверью, и увезло в неизвестном направлении.

И это так и должно было быть, потому что какая же это сказка без счастливого конца?

Well, after that everything went quite well. The seven-headed dragons kept on bowing from the waist, and those with twelve heads simply disappeared.

Until one day our dragon got lazy and caught its remaining head in the train door at the last metro stop and was carted off to parts unknown.

And so it should be, for what sort of fairy tale would this be without a happy ending?

НАСТРОЕНИЕ

Теплым апрельским вечером Алексей Иванович Аксютин возвращался домой с работы. Он впервые вышел сегодня в одном пиджаке и чувствовал себя непривычно легким и почти красивым. Отразившись в зеркальной витрине, он замедлил шаг, но тут же устыдился и стал внимательно рассматривать лепной фасад дома напротив.

Им вдруг овладело ощущение, что все это уже когда-то было — и такой же весенний вечер, и этот дом, и он сам вот так же стоял и хотел неизвестно чего, а что было дальше — Аксютин припомнить не мог. Однако он послушно перешел мостовую, свернул в переулок (почему-то очень знакомый) и снова прислушался к себе.

Странное ощущение все росло, и Аксютин уже не боялся его потерять, а только торопился и незаметно для себя сдерживал дыханье. Он поспешно миновал переулок, снова свернул — и сразу же увидел тот подъезд, и уже знал, что пройдет через двор (посредине — мраморный фонтанчик), налево будет лестница (дверь в парадном на тугой пружине), и на третьем этаже остановится перед светлой дверью перевести дух.

Аксютин перевел дух и помедлил в нерешительности. Потом нажал кнопку звонка. Почти сразу послышались шаги. Аксютин глотнул и постарался скрыть волнение. Ему отворила невысокая женщина с темными глазами и, не задавая никаких вопросов, взяла из рук портфель и впустила в комнату. Потом она мило и привычно улыбнулась, сказала "я сейчас" и вышла, не прикрыв дверь. ("Пошла поставить чай", — подумал Аксютин и услышал, как звякнула крышка и полилась вода).

Через минуту она появилась, неся тарелку супа, и поставила ее перед Аксютиным. Все завертелось в голове Аксютина и стремительно встало на свои места. Суп опять был гороховый. Аксютин поморщился, но смолчал. Он уже знал, что на второе будут голубцы.

IN THE MOOD

One warm April evening Aleksei Ivanovich Aksiutin was on his way home from work. Today was the first day this year he'd gone out in just a jacket, and he felt unusually light and almost handsome. Catching his reflection in the store windows, he slowed his pace, but suddenly self-conscious, he turned away to scrutinize the molded facade of a building across the street.

Then and there he was overcome by a sensation that all this had happened before—the same spring evening, the same building, and he himself standing in exactly the same position, wanting something without knowing precisely what—but he couldn't recall what happened after that. Nevertheless, he docilely crossed the street, turned into a (for some reason very familiar) side street, and again stopped to heed his inner sense.

The strange sensation continued to mount, and though Aksiutin was no longer afraid of losing it, he hurried and unconsciously checked his breathing. He rushed down the side street, turned again, and immediately caught sight of the entrance way, knowing instantly how he would cross the courtyard (there was a small marble fountain in the middle), head up the staircase on the left (the front door was hung on a tight spring), and when he reached the third floor, stop outside a light-colored door to catch his breath.

Having caught his breath, Aksiutin hesitated in indecision. Then he pushed the doorbell. Footsteps sounded almost immediately. Gulping, Aksiutin tried to hide his excitement. He was admitted by a dark-eyed woman of medium height, who without asking any questions took the briefcase from his hand and showed him into the room. Then smiling a tender and familiar smile, she said "I'll be back in a minute," and walked out without closing the door. (She's gone to put on the tea kettle, thought Aksiutin, even before he heard the clank of the lid and the rush of running water.)

A minute later she reappeared, carrying a bowl of soup, which she placed in front of Aksiutin. Aksiutin's thoughts whirled, then fell firmly into place. Pea soup again. Aksiutin winced, but held his tongue. He already knew the main course would be cabbage rolls.

СЛУЧАЙ С АКСЮТИНЫМ

И вдруг Аксютин заметил дым. Вернее, это был еще запах дыма, но он безошибочно привел Аксютина в незнакомое парадное, а там уже потянуло гуще, и сомнений не осталось.

Заметались в памяти плакаты: "Не давайте детям...", "Не оставляйте включенными...", и даже какой-то Козьма-пожарный выплыл из глубин прочитанной литературы. И, пока Аксютин бежал, задыхаясь, по лестнице, оказалось, что теоретически он вполне подготовлен к тому, что должно сейчас произойти. Невесть откуда он помнил, что дышать надо через мокрый платок, дети имеют обыкновение прятаться от огня под кроватью, уходить надо по карнизу, а последней рушится крыша.

Внизу обязательно должна плескаться взволнованная толпа с растянутым одеялом. В одеяло, кажется, надо кидать ценные вещи, не исключено, что и прыгать, впрочем, таких прецедентов Аксютин припомнить уже не мог. Вместо этого ворвалась в сознание строка "и по трубе водосточной полез...", но и она не осталась надолго, а была вытеснена образом ломающей руки матери ребенка. Дальше все перемешалось: сияющие каски, специализированная пожарная собака, слово "каланча", которым Аксютина дразнили в детстве, и почему-то медаль "За спасение на водах".

Аксютин успел еще пожалеть, что нет на нем белой футболки и кепки, и ворвался на шестой этаж. Дверь квартиры была настежь открыта, из нее валило клубами, и Аксютин закашлялся. Пробираясь ощупью, он наткнулся на какой-то острый угол, остановился — и вдруг различил в дыму хрупкую женскую фигуру. Аксютин ринулся туда.

Женщина стояла у плиты и остервенело жарила оладьи. Аксютина она не заметила.

Он попятился, вышел на площадку и медленно пошел вниз. Потом сообразил, что идти, собственно, незачем, и последние три этажа проехал в лифте. На улице было пусто.

На работу Аксютин опоздал и получил выговор.

AKSIUTIN'S ADVENTURE

Then suddenly Aksiutin noticed smoke. More precisely, it was only the smell of smoke, but it led Aksiutin straight into an unfamiliar doorway, where the air grew thicker and left no doubt.

Safety posters ("Don't let children...," "Remember to turn off...") fluttered to mind, followed by the image of a certain fireman Koz'ma, surfacing from the depths of books read long ago. And, as Aksiutin ran breathlessly up the staircase, it occurred to him that at least in theory he was fully prepared for what was now certain to happen. From heaven knows where he remembered that one should breathe through a wet handkerchief, that children are apt to hide underneath beds to escape flames, that one should exit along the eaves, and that the roof was always the last to go.

An excited crowd would certainly be down below, flapping an outstretched blanket. Apparently, one is supposed to throw valuables and (the possibility could not be excluded) even jump into the blanket, though, it should be added, Aksiutin could not recall any precedents. Instead, his thoughts were interrupted by the line "And along the drainpipe he climbed," but, it too, did not linger, replaced by yet another image, that of a young mother wringing her hands in despair. Then everything fused into a jumble of glistening helmets, a trained fire dog, the word "firetower" (with which he'd been teased as a child), and, for some reason, a water rescue award.

Aksiutin even had time to regret that he wasn't wearing a white tee-shirt and cap, before he bounded up to the sixth floor. The apartment door opened out into the corridor, and a cloud of smoke billowed from it, making Aksiutin choke. Groping his way, he bumped into a sharp corner, stopped, and suddenly discerned through the dense smoke a fragile female figure. Aksiutin dashed towards her.

The woman stood at her stove, feverishly turning flapjacks. She didn't notice Aksiutin.

He heeled back, went out onto the landing, and slowly started down the stairs. Eventually he realized there was no real reason to walk, so he rode the elevator down the remaining three flights. Outside, the street was deserted.

Aksiutin was late for work and received a reprimand.

СНОВИДЕНИЕ

Алексей Иванович Аксютин проснулся в семь часов утра, но тут же понял, что еще спит. Им овладело хорошо знакомое чувство приятства и нереальности происходящего. "Ну-ка, — подумал Аксютин, — сейчас пойдет снег, и не вниз, а вверх".

Он глянул за окно. Там неслось и взвивалось, и у Аксютина сразу закружилась голова. И, уже не боясь проснуться, зная, что все будет хорошо, он вышел на улицу и задумался: пойти или полететь? Потом все же решил пойти: так хрустело под итальянскими ботинками, и такие они оставляли следы, и так не хватало этих твердых следов на мягкой неге квартала!

Троллейбус ждал на остановке. Аксютин неспешно вошел, улыбнувшись в пространство. Ему захотелось нарисовать человечка, и недрогнувшей рукой он вывел на замерзшем стекле полузабытую последовательность: ручки-ножки-огуречик... Пассажиры смотрели на него с завистью и уважением. Подходя к месту работы, Аксютин увидел начальника отдела. Тот горбился и спешил. Алексея Ивановича охватила сладостная жуть. Легко и раскованно он слепил снежок и попал. Несколько минут они, заливаясь смехом, поднимали на воздух сугробы, а потом закурили и в дружеской беседе взошли по лестнице, устланной ковром — но не в честь заезжей комиссии, ну конечно же, нет!

И счастливый сон этот длился целый день, и в тот день все было дано Аксютину, чего он смел желать, и желания его были как песня.

Он вернулся домой с работы, волнуясь, открыл дверь, сел и стал ждать. Он знал, что сейчас войдет Варя и закроет ему ладонью глаза, и он поцелует ее ладонь, как когда-то — Боже мой, сколько лет назад! "Опять ноги не вытер, убирай за вами!" — сказала Варя из коридора. И потрясенный Аксютин вдруг ощутил, что все кончено, и навсегда, и это был не сон.

Ему захотелось плакать, и он отвернулся к окну. За окном таяло.

THE DREAM

Alexei Ivanovich Aksiutin awoke at seven a.m., but realized in an instant that he was still asleep. He was overcome by the familiar, pleasant unreality of what was happening. "Uh-huh," thought Aksiutin, "now it'll start snowing, upwards."

He glanced out the window. The snow swirled and whirled, and Aksiutin's head immediately began to spin. No longer afraid that he might wake up, knowing that everything would be all right, he went out into the street and considered: should he walk or fly? In the end he decided to walk. The snow squeaked under his Italian shoes, which left marvelous prints, and there just hadn't been enough hard footprints in the soft down covering the street.

The trolley was waiting for him at the stop. Aksiutin got on leisurely, smiling into space. He felt an urge to draw a little stick man, and with steady hand he traced the half-forgotten sequence on the frosted glass: Then the arms, and then the legs, a cucumber body.... The other passengers watched him with envy and respect. As the trolley approached his stop, Aksiutin caught sight of his supervisor, hunched over double, hurrying to work. A sweet chill ran down Aleksei Ivanovich's spine. With a few pats and a flick of the wrist he shaped a snowball and hit his mark. For several minutes the two of them roared with laughter as they batted drifts of snow into the air, then lit up cigarettes and, chatting like old friends, climbed the staircase carpeted with rich pile—not just for some visiting inspection team, why of course not!

And so this happy dream lasted the whole day long, and that day Aksiutin got everything he could ever wish for, and his wishes flowed like a song.

He returned home from work; in nervous anticipation he opened the door, sat down, and began to wait. He knew that just then Varia would come in and cover his eyes with her hands, and he would kiss her palms, as he had, my God, how many years ago!

"In his slushy boots again. All I do around here is clean!" said Varia from the hallway. Shaken, Aksiutin suddenly sensed that everything was over, gone, that this was no dream.

On the verge of tears, he turned away towards the window. Outside the snow was melting to slush.

ПОСЕЩЕНИЕ

И наконец пришельцы посетили Землю. Нас, конечно, уже не было, и цивилизация к тому времени тоже кончилась. Осталось несколько стен и заборов.

Пришельцы были научно добросовестные и так и записали: аборигены умели возводить стены и заборы. Самый молодой и талантливый пришелец вскоре сделал открытие: на всех уцелевших строениях был изображен один и тот же символ — сначала две палочки крест накрест, потом две палочки уголком, затем три палочки зигзагом и сверху точечка.

На этом основании молодой и талантливый утверждал, что аборигены владели искусством письма. Но его аргументы показались остальным неубедительными. Если это буквы, сказали они, то для любого языка их слишком мало, а для двоичного кода слишком много. Так таинственный символ и не был разгадан, и все время занимал умы пришельцев. Некоторые перенесли изображение на стены своих кают, чтобы все время иметь перед глазами, но и это не помогло.

Тогда изображения стали появляться в кают-компаниях, медотсеке и даже в туалетах.

Капитан корабля сначала пробовал с этим бороться, но однажды ночью, смущаясь перед самим собой, вышел наружу с обломком кирпича и нацарапал символ на обшивке корабля. Ему было странно, но он ничего не мог с собой поделать.

Вскоре пришельцы вернулись домой. И там увлечение символом вспыхнуло, как эпидемия. Символ этот был всюду, потом был только он один, а потом уже не было ничего. Остались только стены и заборы.

Так простое русское слово уничтожило цивилизацию захватчиков.

THE VISIT

At long last aliens visited the planet Earth. By that time, of course, we were dead and civilization itself had long ago ceased to exist. Only a few walls and fences remained.

The aliens, being conscientious scientists, duly recorded that the aborigines had been skilled at building walls and fences. The youngest and most talented alien soon made a discovery: all the surviving structures bore one and the same symbol—two criss-crossed lines, followed by an angled short line intersecting a longer line, followed by two vertical lines joined by a third extending from the bottom of the first to the top of the second with a dot over the middle.

On the basis of this evidence the youngest and most talented alien postulated that the aborigines had possessed a writing system. But the others found his arguments unconvincing. If these were letters, they said, there were too few of them for a language and too many for a binary code. And so the mysterious symbol went undeciphered and continued to preoccupy the aliens. Several of them transferred the symbol to the walls of their cabins for ready reference, but even this didn't help.

Before long, the symbol began to appear in the wardrooms, in the infirmary, and even in the bathrooms.

At first the ship's captain tried to combat this, but one night, embarrassed by his own behavior, he went outside and with a sharp piece of brick carved the symbol into the side of the ship. He felt strange, but he couldn't help himself.

Presently the aliens returned home. Their preoccupation with the symbol spread like an epidemic. The symbol was everywhere, then only it remained, and then even it disappeared. All that was left were walls and fences.

And that's how one simple Russian word destroyed an entire civilization of usurpers.

ВОЗВРАЩЕНИЕ

Космонавт Гаврюшин наконец возращался на Землю. Не было его так долго, что к этому все как-то привыкли и перестали замечать его фамилию в газетах и репортажах. И сам он привык уже к своей станции до такой степени, что даже греховные сны ему не снились.

Он притерпелся к бедному своему зудящему телу, к ощущению нечистоты и опухлости, и не бодрил себя больше песнями, и не забавлялся идиотским плаванием вещей по кабине.

Теперь же всему этому оставалось чуть больше суток — ну потом, конечно, посадка — но это быстро — и упадет космонавт Гаврюшин на колени, и поцелует родную землю, а потом уже все всегда будет хорошо. Откуда, собственно, Гаврюшину пришла мысль именно землю целовать — он и сам не знал. Кажется, читал что-то такое или песню слышал. Но землю эту представлял себе до былиночки — всю в теплых морщинках — и пахнуть она будет такой кисленькой травкой — никак не вспомнить название, но в детстве Гаврюшин знал.

И когда свинтили люк и вынули ослабевшего Гаврюшина, он, не ступив еще ни разу, уже смотрел — где его земля, которую обнять.

Земля действительно была, но непохожая, киргизская какая-то, с ковылями, и, наверное, на вкус соленая. Гаврюшин тем не менее повалился, но упасть не успел — подхватили его бережные мускулистые руки.

Потом он шел церемониальным шагом — рука к виску — по красному ковру и отвечал как положено, а потом были громадные паркеты — и Гаврюшин шел по Гаврюшину, перевернутому и сплюснутому, и каменные мозаики были, и ступени — но целовать это было как-то странно.

JOURNEY'S END

Cosmonaut Gavriushin was finally returning to Earth. He'd been gone so long that everyone had grown quite accustomed to his absence and no longer noticed his name in the newspapers and media reports. Gavriushin himself had grown so accustomed to his space station that he stopped having erotic dreams.

He had come to tolerate his poor itchy body, the sensations of filth and bloating, he no longer bolstered his spirits with songs, and he had given up the idiotic amusement of floating objects around his cabin.

Now there was little more than a day left of all this (well, there was still the landing, but that would pass quickly enough) and Cosmonaut Gavriushin would fall to his knees and kiss his native soil, and everything would be fine forever. Where, in fact, Gavriushin had gotten the idea of kissing the ground, he himself didn't know. He must have read about it or heard it in a song. But he'd pictured that ground right down to the smallest blade of grass, the earth all warm and cracked, with the mildly acrid smell of a variety of grass whose name Gavriushin couldn't remember but had known as a child.

The hatch was unbolted and the exhausted Gavriushin extracted; before he had taken his first step, he searched about for the ground he would would embrace.

The ground was there, but it looked different, sort of Kirgizian, with prairie grass, and was probably salty to the taste. Nonetheless Gavriushin lunged toward it, but before he hit the ground, he was caught by caring, muscular arms.

Later he marched ceremoniously (hand raised to his brow) down a red carpet and made the requisite statement, after which followed miles of gleaming parquetry (Gavriushin walked toe to toe with an upside-down, flattened Gavriushin), stone mosaics, and steps. But kissing any of these would have been a little odd.

51

Потом Гаврюшин жил в лучшем доме в лучшем районе, зелени вокруг было море — даже удивительно, и как-то ранним утром, когда Гаврюшин вышел пробежаться, ему почудился запах той кисленькой травки, и он нерешительно подошел к газону. Но на газон нельзя было пускать собак, и это почему-то смутило Гаврюшина, хотя он был без собаки и никто его не видел. Ну не мог он здесь пасть на колени — и все тут, хотя знал, что другого случая скорее всего не будет.

И действительно не было.

After that Gavriushin lived in the best building in the best neighborhood, surrounded by an amazing sea of green; early one morning when Gavriushin went out jogging, he fancied he smelled that mildly acrid grass and he hesitatingly approached the lawn. But walking dogs on the lawn was strictly forbidden, and this distressed Gavriushin, though he didn't have a dog with him and no one would have seen him anyway. But he just couldn't fall to his knees here, just couldn't, though he knew he'd likely never have another opportunity.

And, in fact, he didn't.

НЕДОРАЗУМЕНИЕ

Конечно, Санечку все очень любили. Откуда он появился в компании, никто не знал, — вероятнее всего, его привели Можаевы. Во всяком случае, несколько раз он приходил вместе с ними, а потом и сам по себе — остроносый, скованный и бестолково одетый.

Его закрепощенность никому не мешала, потому что не распространялась на других, напротив — каждый себя при Санечке чувствовал остроумным и легким в общении.

— А-а, — кричали все, — Санечка пришел! Как дела, Санечка?

И хотя сам Санечка никогда ничего толкового не отвечал, сразу же выдвигалось несколько версий — как Санечкины дела. Наиболее интригующую тут же хором развивали и обыгрывали, и с этого начиналась беседа — из тех свободных и удачных бесед, что не гаснут уже до конца вечера, но длятся сами по себе, не требуя дальнейших забот.

Санечка сразу же как-то стушевывался, садился на любимое свое место — западный диванный валик — и так, хмурясь и раскачиваясь, просиживал, пока не начинали прощаться. Мало-помалу все привыкли к абсолютной Санечкиной бесполезности и к его манере невпопад реагировать на вопросы, а потом и полюбили эту манеру: чего-то уже без Санечки не хватало, и все развернуто радовались его появлению.

Однажды, впрочем, Санечка традицию нарушил. Было это у тех же Можаевых — собрались смотреть африканские слайды. Быстренько обшутили возможную фальсификацию, оттуда перекинулись на пришельцев и на личность Джонатана Свифта, и вдруг погас свет. Конечно заметались, смастерили жучка, но оказалось, что света нет во всем доме и надо, следовательно, ждать. Тут-то Санечка помялся-помялся — и превратился в керосиновую лампу, и так стоял и горел.

A MISUNDERSTANDING

Of course, everyone loved Ol' Sania. How he'd become part of the group no one quite knew, probably through the Mozhaevs. In any case, he had shown up with them a couple of times, and later he just came by his sharpnosed, repressed, haphazardly clad self.

His introversion didn't bother anybody, because it wasn't contagious. Just the opposite—in Ol' Sania's presence people felt witty and articulate.

"Ah-hah!" everyone would shout. "Ol' Sania's arrived! How are you, Ol' Sania?"

And, though he himself never gave much of an answer, the question would instantly fire speculation on the state of Ol' Sania's affairs. The most intriguing theory would then be elaborated and embellished by the chorus, giving rise to one of those free and easy conversations that wind steadily on their own, demanding no special effort, to the end of the evening.

Ol' Sania would promptly fade into the background, sit down in his favorite spot at the west end of the couch, and just sit there, grimacing and rocking back and forth, until the time came to leave. Gradually, everyone grew accustomed to Ol' Sania's complete and total uselessness and to his absent-minded reactions to questions, and eventually everyone came to cherish his quirks: without Ol' Sania something was missing, and everybody was always thoroughly delighted by his arrival.

Once, though, Ol' Sania violated tradition. It was at the Mozhaevs', where the group had gathered to view slides of Africa. Jokes about possible forgeries quickly gave way to the subject of aliens in general and to Jonathan Swift in particular, when suddenly the lights failed. Of course, a dash was made for the fuse box, but it turned out that the power was down throughout the entire building and, consequently, there was nothing to do but wait. That's when Ol' Sania started squirming and wriggling, turned himself into a kerosene lamp, and then just stood there and burned.

Разумеется, отмочи такой номер Рубен или хозяин дома — все бы зашлись от эффекта, и славная эта история затмила бы собой прошлогоднюю, когда Евсеич, рисуясь ручной работы запонками, выбросил подряд восемь шестерок. Но все зависит от того, как подать — и поэтому Санечкино превращение никакого урагана не вызвало, было оно как-то смазано, и некоторые вообще не осознали, откуда эта лампа взялась. Отрегулировали огонь и продолжали разговор, а там и свет зажегся.

Все же событие это запомнили, и с тех пор, если что-то позарез было надо, просили Санечку. Санечка никогда не отказывал и был попеременно то кассетным магнитофоном, то мороженицей, а когда Татьяна готовила кандидатскую, все праздники провел в облике пишущей машинки.

Теперь он уже реже дорывался до своего любимого валика.

— Санечка, — кричали ему, когда он, сутулясь, разматывал кашне на пороге, — где ж ты пропадаешь? Уже двадцать минут как вторая серия! Изобрази, благодетель!

И Санечка безропотно превращался в цветной телевизор, не требуя подключения в сеть. Он слегка похудел и в бесполезные свои минуты мерз и хохлился в уголке, появилось в нем что-то птичье, а впрочем, это не бросалось в глаза.

Тем временем подошла весна — время нервное, безвитаминное, и работы на всех навалилось черт-те сколько. Собирались теперь реже — очень все уставали. Шутки и истории не то чтоб истощены, но не били ключом, и не предвиделось этого биения до самого сентября — когда снова все съедутся, горластые и загорелые, и тогда уж понавезут и порасскажут. Тем не менее, когда вышел Лешкин сборник, все созвонились, побросали дела и явились в полном составе, галдя еще с лестницы.

Санечка тоже пришел, хотя и опоздал к надписыванию экземпляров. Его приход не был замечен в общем стоне и грохоте, потому что Рубен как раз читал пародийную поэму, навзрыд, подражая Лешкиным интонациям. В этот вечер засиделись как никогда, а в половине второго неожиданно стали писать пулю — и задымили уже до утра. К утру темпераментный Кирюша, расчерчивая новый лист, сломал карандаш, и паста тоже кончилась, и ни у кого ничего пишущего при себе не нашлось. Тут-то и вспомнили про Санечку, и он, не говоря ни слова, превратился в пластмассовую точилку в виде горохового футбольного мячика с отверстием сбоку.

Naturally, had Ruben or the host pulled a stunt like that, everyone would have raved, and this simply marvelous little incident would have outshone even last year's when Yevseich, flashing his handmade cufflinks, had produced eight cards in a row—all sixes. But more depends on style than on substance, and so Ol' Sania's metamorphosis produced absolutely no thunder, indeed, was sort of glossed over; a few people didn't even realize where the lamp had come from. Someone trimmed the wick, the conversation resumed, and then the lights came on again.

Yet the incident did not pass entirely unnoticed, and after that, whenever something was desperately needed, Ol' Sania was called to the rescue. Ol' Sania never refused, serving, respectively, as a cassette deck, an ice cream maker, and, when Tat'iana was finishing her dissertation, spending his entire vacation in the shape of a typewriter.

After that he only rarely made it to his favorite spot on the couch.

"Ol' Sania," shouts would greet him as he unwound his scarf in the doorway, "where have you been? It's already twenty minutes into the second segment! Give us a picture, ol' buddy!"

And, without a murmur, Ol' Sania would turn into a cordless color television set. He had lost a little weight and now spent his idle moments perched in some corner, and something vaguely birdlike had come over him, but nothing you could put your finger on, really.

Around about then spring arrived, that hectic, vitamin-deficient time of the year, and everyone got buried in work. The get-togethers grew fewer; everyone was too tired. Not that the jokes and stories had run dry, they just weren't gushing, and no new flood could be expected until September, when everyone would come back from vacation, garrulous and tanned, with a fresh load of surprises and stories to tell. Nevertheless, when Lioshka's collection of poems was published, telephones rang, projects were dropped, and the whole crew appeared, bellowing up the stairwell.

Though he was too late for an autographed copy, Ol' Sania also came, but his entrance went unnoticed in the gales of laughter over Ruben's parody of Lioshka's poetry, delivered complete with Lioshka's convulsive intonation. The evening lasted longer than ever before; at 1:30 a.m. a card game got underway, and out came the cigarettes again, this time until dawn. Towards morning temperamental Kiriusha was scribbling a new scorecard when he broke the last remaining pencil. All the pens had run dry, and no one could find anything else to write with. That's when Ol' Sania was brought into the act: without a word, he turned himself into a plastic pencil sharpener shaped like a football with a hole on the side.

Второй раз о Санечке вспомнили, когда уже расходились. Он по-прежнему лежал на липком стекле, а вокруг были карандашные стружки и следы от стаканов.

— Санечка! — сказали ему. — Ау, сынуля! Петух пропел!

Но не шевельнулся пластмассовый мячик, и не оказалось в углу застенчивого Санечки, только маятник столовых часов грянул что-то очередное. Тогда забеспокоились, стали Санечку уговаривать.

— Ну, очнись, старик! Ты что, обиделся? — мягко ворковал Евсеич, и серебряный голос Анюты взывал к нему: — Санечка, лапа моя, что ты дуришь? — но без результата. Наконец решили, что Санечка всех разыграл — подложил точилку, а сам незаметно удрал, пообещали ему задать за такие штучки и ушли, почти успокоенные. Надо бы, конечно, было ему позвонить, но ни телефона его, ни адреса, как оказалось, никто не помнил.

Больше Санечка не пришел, и в следующий раз все это неприятно ощутили, но потом постепенно стали забывать эту дурацкую историю. Тем более, что точилка тоже куда-то задевалась.

Ol' Sania was remembered a second time just as the party was breaking up. He was still lying on the sticky glass, amid pencil shavings and drinking glass stains.

"Hey, Sania, ol' boy, sun's up!"

But the plastic football didn't budge, and there was no shy Ol' Sania in the corner either, only the pendulum of the tabletop clock marking out its predictable beat. That's when people started to worry and to plead with Ol' Sania.

"Come on, old man, wake up. What's the matter, your feelings hurt?" softly cooed Yevseich. "Sania, sweetie, why are you being so difficult?" beckoned Aniuta in her platinum voice. But to no avail. Finally, it was decided that Ol' Sania had pulled a fast one, that he'd planted the pencil sharpener and taken off when no one was looking. Everyone promised to let him have it next time for playing such practical jokes, then left, almost reassured. Really ought to give him a call, but it turned out that no one remembered either his phone or his address.

Ol' Sania never did show up again, which put a damper on the next gathering, but with time the whole idiotic incident was gradually forgotten. Especially since the pencil sharpener had vanished, too.

ПРОИСШЕСТВИЕ

В троллейбусе № 317, следующем по 9-му маршруту, было нехорошо. Время было утреннее, нервное, и свободных сидячих мест не было. Не хватало также стоячих. Кроме того, несколько пассажиров были в очках и шляпах, а некоторым и вовсе следовало ездить в такси. Особенно неприятно было на остановках. Входящие хотели войти, выходящие — выйти, а водитель хотел закрыть дверь, и уже несколько раз объявлял, что "будем стоять". Вскоре в троллейбусе не осталось ни одного человека, которого даже в пылу ссоры можно было назвать интеллигентом.

В это время в салон неожиданно влетел тихий ангел.

Он был совсем маленький, с пухлыми складочками и аккуратными белыми крылышками. Вел он себя действительно очень тихо, прошуршал над головами и уселся вверху на поручень, никому не мешая.

Тем не менее его сразу заметили и ощутили неловкость. Неласковая речь сразу умолкла, и наступившая тишина привела пассажиров в еще большее смущение. Они деликатно переминались с ноги на ногу, стараясь не встречаться друг с другом взглядами. Никто не знал, как себя повести. И даже голос водителя, называвшего следующую остановку, прозвучал как-то неубедительно.

На остановке в троллейбус вошла немолодая женщина с красной повязкой на рукаве. Она стала проверять талоны, начиная с задней площадки, пока не дошла до тихого ангела, а когда дошла, то усомнилась, пользуются ли ангелы правом безбилетного проезда. Вопрос был спорный, однако ангел спорить не стал и скромно вылетел, стараясь никого не задеть крыльями. Двери за ним беззвучно закрылись. Стало еще тише, чем прежде.

И все посмотрели друг на друга.

THE INCIDENT

On trolley No. 317, route No. 9, things were not good. It was morning rush hour, nerves were ragged, and there was no place to sit. Or stand. Bear in mind that some of the passengers wore wire-rim glasses and berets, while others were dressed like they ought to be taking a cab. Stops were particularly unpleasant. People pushing their way on fought others shoving their way off, while the driver, who just wanted to close the doors, kept threatening, "we're gonna sit here all day." Soon there wasn't a single person left in the bus who (even in the heat of an argument) might be called a civilized human being.

Just then, into the trolley flew a quiet little angel.

He was quite small, dressed in gossamer folds and with neatly groomed white wings. He behaved most inconspicuously, disturbing no one as he rustled overhead, then perched on the handrail.

Nevertheless, everyone noticed him and began to feel uneasy. The unkind words of a minute ago died down, but the ensuing silence only made the passengers feel more ill at ease. They avoided looking at each other as they carefully shifted their weight from foot to foot. No one knew how to behave. Even the voice of the driver, as he announced the next stop, sounded somewhat unconvincing.

At the stop a middle-aged woman wearing a red armband boarded the trolley. She began verifying tickets, working her way forward from the back of the bus until she reached the quiet angel, but by the time she got there she had developed serious doubts whether angels could ride free. The point was debatable, but the angel chose not to argue and, careful not to brush anyone with his wings, he flew meekly out of the trolley. The doors closed soundlessly behind him. The bus grew even quieter than before.

And they all looked at each other.

ДЕЛА СЕМЕЙНЫЕ

Поросенок Чуня родился в обыкновенной среднестатистической семье, у порядочных папы и мамы. Тем более удивительно было, что хвостик у него не завивался колечком, как у всех нормальных поросят, а был совершенно прямой. Конечно, домашние ужасно расстроились, но решили, что может быть, это еще выправится, а пока надо проявлять к Чуне чуткость и внимание, чтобы у ребенка не появился комплекс.

Но Чуня и не думал комплексовать. Он был розовенький и веселый поросенок, хорошо кушал и хорошо спал, и вообще вел себя так, как все ребятишки.

Когда мама и папа сочли, что Чуня уже достаточно подрос, они стали осторожно внушать ему, что хвостик положено иметь именно закрученный, и никакой другой. Если Чуня будет стараться, говорили они, то его хвостик обязательно исправится, а пока никому нельзя его показывать. Чуня, к несчастью, был в том возрасте, когда дети спрашивают "а почему?", и, конечно, Чуня спросил.

Тогда Чуню повели в мясной магазин, где на кафельной стенке был изображен кругленький поросенок с обаятельной улыбкой. Хвостик у него был закручен на полтора оборота. По мысли родителей, это должно было дать ребенку понятие о золотой норме, но Чуня по детскому легкомыслию заинтересовался больше схемой разделки туш. При этом он задал еще несколько бестактных вопросов.

Неудача первой попытки не смутила, однако, Чуниного папу, который имел несомненные педагогические способности. Он серьезно поработал с соответствующей литературой и выяснил, что к ребенку нужен подход, причем не какой-нибудь, а дифференцированный. Это значило, что к Чуне спереди следует подходить с пряником, а сзади с кнутом, и ни в коем случае не наоборот. Так и стали поступать, но и это не возымело результата. Стало ясно, что одним убеждением дела не исправить. Между тем Чуня рос, и скрывать дефект становилось все труднее.

A FAMILY AFFAIR

Piglet Niblet was born to an upstanding Mama and Papa in an ordinary, statistically average family. It was therefore all the more amazing that his little tail wasn't cute and curly, like all the other little piglets', but was instead completely and absolutely straight. Of course, the family was aghast, but decided that everything might yet turn out all right, while in the meantime Niblet should be shown only the utmost care and consideration to keep him from developing a complex.

But Niblet had no intention of developing a complex. He was a happy little pink piglet, who ate well and slept well, and generally behaved like all the other children.

When Mama and Papa decided that Niblet was old enough, they carefully began to explain to him that one is supposed to have a curly tail and not any other kind. If Niblet would just try, they said, his tail would surely correct itself, but until then he mustn't show it to anyone. Unfortunately, Niblet was at the age when children ask "why" and, of course, Niblet asked.

So they took Niblet to see the chubby little piglet with the cute smile and a tail curled exactly one and one-half turns that was depicted on the white tile wall of the butcher shop. Niblet's parents figured this would give the child a sense of the golden mean, but Niblet, child that he was, took greater interest in the meat cut chart. He also asked several very tactless questions.

The failure of this first attempt did not, however, discourage Niblet's Papa, a man of indubitable pedagogical insight. He plunged into the relevant literature and gleaned that children require not just any, but a "differentiated" approach. This meant that Niblet should be approached from the front with a cookie and from the rear with a whip; under no circumstances should the two be reversed. And so they tried, though once again to no avail. It became clear that persuasion alone would not suffice to correct the matter. Besides, Niblet was growing up and his defect was becoming increasingly difficult to conceal.

Попробовали завивать Чуне хвостик разогретыми на плите щипцами, но Чуня так визжал, что даже видавшие виды и слыхавшие слухи соседи каждый раз приходили под окно послушать. Пришлось от этого отказаться, тем более, что такая завивка держалась не более суток.

К счастью, Чунина мама прочла в романе "Война и мир", что в старину барыни заворачивали локоны на папильотки. С тех пор на ночь она накручивала Чуне хвостик на трубочки из старых газет. И все было очень хорошо, пока одна соседка, сохранившая привычку заглядывать в окна, не сообщила куда следует, что в данной семье регулярно пускают орган печати ребенку под хвост. С Чуниными родителями тактично поговорили и предложили изыскать другие методы. И даже несколько методов подсказали.

Кто знает, чем бы все это кончилось, если бы Чунина тетя, сестра мамы, не выдвинула блестящую идею — перманент. Так и поступили, хотя Чуня истерически боялся горячего фена. Видимо, он все-таки не миновал комплекса. Зато хвостик сразу приобрел надлежащую форму, и не распрямлялся даже в намоченном состоянии.

Теперь Чуня ничем не отличался от других детей, и счастливые мама и папа часто ходили с ним гулять в скверик через дорогу.

They tried curling Niblet's tail with a hot iron, but Niblet howled so loudly that even their neighbors (who'd seen and heard everything in their day) would creep under the window to listen. That method had to be abandoned, especially since the curl lasted only a day.

As luck would have it, Niblet's mother read in *War and Peace* about how in the old days gentry women would wind their hair into locks. Every night after that she would wind Niblet's tail on curlers made of old newspapers. And all went well, one might say very well, until a certain neighbor woman (who had retained her habit of peeping through their window) informed the powers that be that a certain family had the gall to place the Party's official newspaper under their child's backside every night. Niblet's parents were tactfully reprimanded and told to find other methods. Indeed, several alternatives were suggested.

Who knows how all this would have ended, were it not for Niblet's aunt, his mother's sister, who proposed the brilliant idea of a permanent. And so it was done, although Niblet was frightened out of his wits by the hair dryer. Clearly, he had not avoided all complexes. But, for all that, his tail promptly acquired the requisite shape and never straightened again, even when wet.

Now Niblet was just like the other children, and his happy Mama and Papa could take him for frequent walks in the little square across the road.

ЗАЦЕПЛЕНИЕ КАНАЛОВ

Овсянников набрал номер и попал не туда. Он положил трубку, чертыхнулся и снова набрал. Ему ответил женский голос и с оттенком нетерпения уверил, что Алексей Иванович здесь не живет. Овсянников положил трубку, извинился и подождал пятнадцать минут. Потом он, яростно и внятно тыча пальцем в каждую цифру, опять позвонил.

— Медленнее набирайте номер, — устало посоветовала женщина на том конце и после неловкой паузы добавила: — Вот что, хотите чаю?

— Спасибо... — растерялся Овсянников и более не нашелся что ответить. Негромко звякнула посуда, зашуршала чайная обертка, и женщина спросила: — Вам крепкий?

— Спасибо, так в самый раз, — сказал Овсянников и, расхрабрившись, попросил два куска сахару. Послышался отчетливый звон чайной ложечки. Овсянников согласился и на лимон, но немного, полкружка. И, представив себе, как мгновенно бледнеет крутая заварка и кружится лимон внутри золоченого ободка, уже не колеблясь, спросил:

— Скажите пожалуйста, это красная чашка?

— Да, и в белый горошек, — ответила женщина, и оба опять помолчали.

На следующий вечер Овсянников набрал тот же номер и, не решаясь уже спросить Алексея Ивановича, сбивчиво поздоровался. Его сразу узнали.

— Сегодня мне достали чудесный бразильский кофе. Вы любите кофе? — услышал Овсянников вчерашний голос и молча кивнул. И, когда посыпались легкие зерна и тонко загудела кофемолка, Овсянников вдруг ощутил мгновенное счастье и поспешно заговорил о нюансах бразильских сортов, о предрассудках и преимуществах турецкого способа. А впрочем, он знал, что несет чепуху.

CROSSED WIRES

Ovsiannikov dialed and got a wrong number. He replaced the receiver, cursed, and dialed again. A female voice answered and with a tinge of vexation assured him that no one by the name of Aleksei Ivanovich lived there. Ovsiannikov again replaced the receiver, apologized, and waited fifteen minutes. Then, furiously jabbing at each number on the dial, he tried again.

"Dial more slowly next time," advised the exasperated woman at the other end, who then . . . after a short pause . . . added, "Would you care for a cup of tea?"

"Thank you," Ovsiannikov answered, flustered and finding nothing else to say. The cups and saucers rattled softly, a tea packet rustled, and the woman asked, "Do you like your tea strong?"

"Thank you, quite," Ovsiannikov said, then, gathering courage, requested two lumps of sugar. A teaspoon clinked sharply in the background. Ovsiannikov also agreed to lemon, but just a bit, half a slice. And, picturing to himself how the steeped brew would instantly pale as the lemon circled inside the golden rim, he asked, no longer hesitating, "Tell me, please, is the cup red?"

"Yes, with white polka dots," the woman answered, and both resumed their silence.

The next evening Ovsiannikov again dialed the number and, without bothering to ask for Aleksei Ivanovich, stammered a halting hello. He was recognized immediately.

"Today I managed to get the most wonderful Brazilian coffee. Do you like coffee?" Listening to yesterday's voice, Ovsiannikov nodded in silence. Then, after the delicate beans had been poured and the coffee grinder had whirred, Ovsiannikov, suddenly experiencing a momentary euphoria, launched into a monologue on the various nuances of Brazilian varieties and the pros and cons of Turkish brewing. He knew, by the way, that he was blathering.

Назавтра он не позвонил. Вдруг испугался чего-то, потом вспомнил про неотложный отчет, а потом было уже поздно. И только в четверг, надев свежую рубашку и постояв перед зеркалом, Овсянников подошел к телефону и, замирая, набрал тот самый номер.

— Я слушаю, — раздался голос Алексея Ивановича.

И Овсянникову стало грустно.

The next day he didn't call. At the last minute he took fright, then he remembered an overdue report, and by the time he finished it was too late. Only on Thursday, having first changed his shirt and surveyed his reflection in the mirror, did Ovsiannikov approach the telephone and in breathless anticipation dial the number again.

"Hello," said the voice of Aleksei Ivanovich.

Ovsiannikov's heart sank.

ПЕРЕХОД

В пятницу 198... года инженеру Чижикову понадобилось перейти на другую сторону улицы. Дело было в центре города, и тротуар был сплошь огорожен решетчатыми конструкциями, похожими на спинки кроватей. Тогда Чижиков пошарил глазами по кварталу и увидел ступени подземного перехода. Подошел и спустился.

Переход был большой — с кафе, киосками и телефонами-автоматами. Поэтому Чижиков не сразу вышел наверх, а сначала купил газету и отстоял очередь за какао. Подумал еще, не выпить ли воды, но медяшек у него не оказалось.

Когда Чижиков подошел к выходу, там толпился народ, излучая смутное беспокойство. Чижикову объяснили, что вышло новое постановление и наверх теперь выпускают только по пропускам. Действительно, на третьей ступеньке стояли два милиционера. Причем у некоторых в толпе эти пропуска уже были, хотя Чижикову не удалось их разглядеть. Эти товарищи что-то показывали правому милиционеру и беспрепятственно выходили наружу. Левый в это время следил, чтобы остальные не совались. На вопросы он не отвечал.

Чижиков хотел было сказать, что он несет пельмени и Таня волнуется, и что он знать не знает об этом дурацком пропуске, но кому это все объяснять, было неясно. К тому же он вспомнил, что незнание закона не является оправданием, и решил переждать. В конце концов ситуация прояснится сама собой. Притихшая толпа между тем была уже рассортирована: внизу оставались только те, что без пропусков. Самые сообразительные кинулись было к телефонам-автоматам, но ни в одной трубке не гудело. Кафе к тому времени оказалось уже закрытым, и все растерянно топтались меж белокафельных колонн. Чижиков заметил, что стало гораздо темнее: погасли все киоски. Продавщицы из них тоже куда-то делись.

THE TUNNEL

On Friday, 198. . . , engineer Chizhikov needed to cross the street. He was downtown, where the sidewalks are lined with pipe railings not unlike those on metal bedframes. Chizhikov scanned the block and caught sight of a staircase leading down to a pedestrian tunnel. He went closer, then descended.

The tunnel was huge, with a cafe, kiosks, and public phone booths. Chizhikov did not emerge immediately, therefore, but first bought a newspaper and then stood in line for some hot cocoa. He also considered buying a glass of soda water, but didn't have exact change.

By the time Chizhikov approached the exit, a crowd of people had gathered, emanating a dim anxiety. Someone explained to Chizhikov that a new law had been passed, and now only those people with passes were being allowed back up. Sure enough, there were two militiamen standing on the third step. And several people in the crowd already had passes, though Chizhikov couldn't catch what they looked like. Those comrades showed something to the militiaman on the right and passed unimpeded into the daylight. The officer on the left watched to make sure that no one else got through. He refused to answer any questions.

Chizhikov was about to explain that he had a bag full of frozen meat dumplings, that Tania would be worried, and that he had no idea he needed some idiotic pass . . . , but it wasn't clear to whom he should say this. Moreover, he remembered that ignorance of the law was no excuse, and so he decided to wait and see. Eventually the situation would clarify itself. By now the hushed crowd had been sorted: only those without passes remained below. The more perceptive of these dashed for the phone booths, but all the phones were dead. The cafe had already closed, and so everyone just shuffled aimlessly among the white tile columns. Chizhikov noticed that it had grown considerably darker; all the kiosks had extinguished their lights, and the shopkeepers had vanished.

71

Какая-то женщина истерически заплакала, но утешителей не нашлось, и она быстро умолкла. Чижиков ощутил, что его неприятно подташнивает. Воздух, показалось ему, стал густеть. Один за другим переставали светиться автоматы с газированной водой. Стало совсем тихо.

И тут Чижиков понял.

Some woman began sobbing hysterically, but when no one offered consolation she soon quieted down. Chizhikov began to feel unpleasantly nauseated. It seemed that the air was thick enough to cut with a knife. Then one by one the lights on the water dispensers began to go out. Soon there was total silence.

And then Chizhikov understood.

ХРОНИКА ОДНОГО СОБЫТИЯ

В половине третьего ночи Мазурик забеспокоился и начал просыпаться. Наяву было холодно и еще темнее, чем во сне. Мазурик попробовал потереться о стенку, но произвел много шума. В соседнем стойле задвигалась Машка, забормотала что-то старческое и уютное, но Мазурику легче не стало. Так он промаялся до утра, пока не пришел за ним Кирилыч и не повел из конюшни на белый свет, а на свету сразу заметил неладное.

На спине у Мазурика трепыхались белые крылышки, чуть побольше цыплячьих, а сам он смущенно воротил морду и дотронуться до крылышек не давал. Запрягать его Кирилыч не стал, а пошел доложить председателю о происшествии.

Когда пришли к Мазурику, вокруг уже толпился народ, женщины ахали, а пацаны норовили подступить поближе. Мазурику было явно не по себе. Крылья стали заметно больше, с них уже сошел младенческий пух, и были ясно видны большие маховые перья. Послали за ветврачом Петром Евгеньевичем. Он подумал и стал листать справочник на все подходящие буквы, но ничего такого не нашел и предложил написать в районную газету.

Раздувать сенсацию председатель запретил, так как был крепко обижен на фельетон "До каких пор?" Тем не менее, на следующий день возле конюшни уже крутился молодой человек с блокнотом и требовал свидания с животным, обещая в случае отказа дать материал о подготовке к весеннему севу. Через день фотография Мазурика появилась в газете под рубрикой "Нарочно не придумаешь", из города понаехали специалисты, и жизнь Мазурика сразу изменилась. Сначала он стеснялся незнакомых людей, но потом привык и перестал обращать внимание. Крылья стали совсем большие, они уже начали шуметь, а Мазурик заскучал, стал смотреть в одну сторону и вздыхал по ночам.

Чего-то ему хотелось непонятного, лезли в голову незнакомые слова, и особенно какая-то "пленительная младость" сильно измучила его, все шла на ум и не давала покоя...

THE CHRONICLE OF A CERTAIN EVENT

At two-thirty in the morning Rapscallion grew restless and began to wake up. It was cold and even darker than in his dreams. Rapscallion tried rubbing up against the wall, but that made too much noise. In the next stall over, Mashka shifted and muttered grandmotherly advice, but it brought little comfort. He fidgeted until morning, when Kirillych came and led him out of the stable. Out in the light, Kirillych immediately noticed the trouble.

There on Rapscallion's back fluttered two little white wings slightly larger than a baby chick's. In his consternation Rapscallion kept rearing back his head, refusing to let anyone touch the wings. Without even trying to harness him, Kirillych set off to report the incident to the collective farm chairman.

By the time the two men returned to Rapscallion a crowd had gathered: the women oohed and aahed, as the kids shoved to get a closer look. Rapscallion was visibly out of sorts. The wings had grown larger and had molted their down to reveal large wing-feathers. Piotr Yevgenievich, the veterinarian, was summoned. He thought a moment, then began flipping through his reference manual to all the appropriate entries, but found nothing even remotely similar and proposed that they write to the regional newspaper.

The collective farm chairman absolutely forbade spreading the sensation, having been greatly insulted by a recent editorial entitled, "For How Much Longer?" Nevertheless, on the following day a young man with a memo pad was seen circling the stable, demanding an audience with the animal and threatening, if refused, to hand over certain information he had on preparations for the spring planting. A day later a photograph of Rapscallion appeared in the newspaper under the headline "No Joking Matter," specialists from the city began arriving in droves, and Rapscallion's life took a sudden turn. At first he was intimidated by the strangers, but soon he became accustomed to them and stopped paying them any attention. The wings had grown quite large and were already beginning to rustle noisily, but more and more depressed, Rapscallion just took to staring in one direction and sighed all night long.

He began to experience incomprehensible urges, and unfamiliar words crept into his head: the phrase "captivating youth" (whatever that was supposed to mean), which kept coming to mind and gave him no peace, especially tormented him.

Однажды, убирая в загоне, тетка Анюта огрела Мазурика метлой. Мазурик шарахнулся, захлопал крыльями и неожиданно поднялся в воздух. Почему-то его сначала заваливало влево, но он быстро сориентировался, развернулся над клубом и скрылся в юго-западном направлении.

Примерно в то же время зоотехник Сережа, писавший до сих пор плохие стихи, стал вдруг писать хорошие, но этого никто не заметил.

Then one day, while cleaning up the corral, Auntie Aniuta whacked Rapscallion with her broom. Rapscallion shied, flapped his wings, and all of a sudden rose off the ground. At first, for some reason, he listed sharply to the left, but he quickly gained his bearings, made a sharp reverse turn over the collective farm club, and faded off into the southwest.

At approximately the same time an animal-nurse named Seriozha, who until then had written bad verse, suddenly began to write good poetry, but no one noticed.

ДОСАДА

Алексею Петровичу Иришину с утра было не по себе. Дела шли вроде бы нормально, и даже нашлись наконец накладные из треста, которые куда-то запропастились еще в пятницу. И все же Алексея Петровича не оставляло смутное беспокойство. Временами ему казалось, что на самом деле на работу он не явился, а вместо этого отоспался как следует, не спеша позавтракал и теперь все еще сидит на теплой кухне, попивая какао "Золотой ярлык".

Ощущение это все нарастало, приобретая силу реальности. Наконец Алексей Петрович не выдержал и набрал номер.

На том конце кто-то поднял трубку.

— Алло, это квартира товарища Иришина? — спросил Алексей Петрович.

— Да, — ответил неприятный, но очень знакомый мужской голос.

— Алексея Петровича попросите пожалуйста, — сказал Алексей Петрович.

— Я вас слушаю, — ответил неприятный голос.

При этих словах Иришин испытал даже что-то вроде облегчения. Он покосился на дверь и немного понизил голос.

— Здравствуйте, Алексей Петрович. Это вас Алексей Петрович Иришин беспокоит.

— Здравствуйте, Алексей Петрович, — сухо откликнулся голос.

— Я бы не решился обеспокоить вас так рано, Алексей Петрович, если бы не...

— Ничего, я уже встал, — перебил голос.

В этот момент Иришин вдруг почувствовал, что совершенно не представляет, о чем бы еще поговорить. Повесить же трубку было как-то неловко.

— Вы откуда говорите? — спросил неприятный голос, когда пауза неприлично затянулась.

— Из "Рембыттехники", — поспешно ответил Алексей Петрович, испытывая почему-то желание добавить — сэр.

— Ну и как там? Нашли накладные? — поинтересовался голос.

VEXATION

Aleksei Petrovich Irishin had felt out of sorts since morning. Business seemed to be going well, and even the lading bills from the central office which had been buried somewhere on Friday had turned up. Still Aleksei Petrovich couldn't shake his vague anxiety. At times it seemed to him that he hadn't gone to work at all, but instead, after finally getting a good night's sleep, had slowly savored his breakfast, and now sat in his warm kitchen drinking a cup of "Golden Fleece" cocoa.

The sensation continued to mount and to seem more and more real. Finally, Aleksei Petrovich could bear it no longer; he dialed.

Someone picked up the receiver at the other end.

"Hello, is this Comrade Irishin's apartment?" asked Aleksei Petrovich. "Yes," answered an unpleasant, but very familiar male voice.

"May I speak with Aleksei Petrovich, please?" asked Aleksei Petrovich.

"Speaking," answered the unpleasant voice.

Hearing these words, Aleksei Petrovich experienced a kind of relief. With a furtive glance at the door, he lowered his voice a bit.

"Hello, Aleksei Petrovich. This is Aleksei Petrovich Irishin. Sorry to disturb you."

"Hello, Aleksei Petrovich," the voice responded dryly.

"I wouldn't have thought of disturbing you so early in the morning, Aleksei Petrovich, if it weren't. . . ."

"No problem. I'm already up," the voice interrupted.

At that moment Irishin suddenly felt that he had absolutely no idea what to say next. But he couldn't just hang up.

"Where are you calling from?" asked the unpleasant voice after an embarrassingly long pause.

"From 'Remodhousemachinery,'" Aleksei Petrovich rushed to answer, experiencing a strange urge to add "sir."

"So how are things going there? Did you find the lading bills?" the voice inquired.

79

— Да-да, буквально сию минуту нашли, — заторопился Алексей Петрович, шевеля пальцами от напряжения.

— Прекрасно. Вот и займитесь ими сразу же, — распорядился голос. — Да, кстати, Варя просит напомнить, чтобы вы по дороге купили две пачки пельменей.

— Конечно, конечно, я помню.

— До свидания, — неласково сказал голос.

— До свидания, Алек... — начал было Иришин, но услышал короткие гудки и замолчал. Потом пожал плечами, без стука положил трубку на рычаг и придвинул поближе к себе большую коричневую папку с надломанным углом.

Над этой папкой Алексей Петрович просидел с небольшими перерывами до конца рабочего дня. И только надевая пальто, чтобы идти домой, вспомнил об утреннем разговоре и с досадой подумал, что это уже все-таки слишком — четвертый день подряд обедать одними пельменями.

"Yes, they just turned up," blurted Aleksei Petrovich, flexing his fingers from the tension.

"Great. Get on them right away," ordered the voice. "Oh, by the way, Varia asked me to remind you to buy two cartons of meat dumplings on your way home."

"Of course, of course, I remember."

"Good-bye," the voice said gruffly.

"Good-bye, Alek...," Irishin started, then heard the busy signal, and fell silent. He shrugged his shoulders, carefully replaced the receiver, and pulled the huge dog-eared brown folder to the middle of his desk.

Aleksei Petrovich worked solidly on the file, with only a few short breaks, until the end of the day. Only as he was putting on his overcoat to go home did he recall his morning conversation and think in vexation that things had gone too far—this was the fourth day in a row they were having meat dumplings for dinner.

КРУШЕНИЕ МИФА

Овсянников написал диссертацию. Называлась она "Математические методы исследования некоторых мнимо загадочных сторон Бермудского треугольника". Используя мощный аппарат теории групп и материалы Международного геофизического года, Овсянникову удалось получить несколько поразительных результатов. Выяснилось, что сумма углов Бермудского треугольника равна 180°, а медианы пересекаются практически в одной точке.

В ученых кругах поползли слухи. Овсянникову присылали приглашения на конференции, симпозиумы и телепередачу для студентов-заочников. Шеф Овсянникова вел с Дальневосточным пароходством переговоры о внедрении. Неприятным диссонансом прозвучало выступление профессора Заохтенского, вице-президента Международной ассоциации Бермудистов-подводников. Почтенный старец не подвергал сомнению математические выкладки, но, опираясь на результаты замеров, проводившихся в 1918 году в Авачинской губе, считал результаты Овсянникова несколько завышенными.

Назревал серьезный научный кризис. Провести решающий эксперимент было поручено находившемуся в тех краях гидрографическому судну "Флуоресценция", на котором имелся 16-дюймовый башенный транспортир. В день выхода к гипотетической точке от "Флуоресценции" не было радиограмм. Не было их и на другой день. На третьи сутки Овсянников уже начал волноваться, что придется переделывать введение, но тут связь возобновилась.

Успех эксперимента был полным. В точке пересечения медиан был установлен опознавательный буй. Сумма углов треугольника даже превзошла теоретически предсказанную. Защита прошла с блеском.

Впрочем, о том, что медиан оказалось четыре, Овсянников на ней не упомянул. Впереди была еще докторская.

HOW TO DESTROY A MYTH

Ovsiannikov finished his pre-doctoral thesis. It was entitled "Mathematical Methods for the Analysis of Certain Quasi-Enigmatic Aspects of the Bermuda Triangle." Applying the powerful apparatus of group theory and with data from International Geophysical Year, Ovsiannikov managed to obtain several amazing results. Indications were that the sum of the angles of the Bermuda Triangle equalled exactly 180 degrees and that the medians of the triangle intersected at practically a single point.

Rumors began to circulate in the scientific community. Ovsiannikov received invitations to speak at conferences and symposia, as well as on a television program for correspondence students. Ovsiannikov's advisor was negotiating implementation of his findings with the Far Eastern Shipping Board. A sole dissonant note was struck by Professor Zaokhtenskii, Vice President of the International Association of Bermuda Submariners. Though he did not question the mathematical calculations, the respected elder, relying on measurements made in 1918 off Kamchatka in Avachinsky Bay, contended that Ovsiannikov's results were somewhat exaggerated.

A serious scientific crisis was in the making. The deciding experimentation was commissioned to an hydrographic laboratory ship, "The Fluorescent," located in the relevant region and equipped with a sixteen-inch oscilloscopic triangulator. On the day it set out for its hypothetical destination no radiograms came in from the "Fluorescent." Nor the next day. By the third day Ovsiannikov was already beginning to worry that he might have to rewrite his introduction, when communications were restored.

The experiment was a complete success. A marker buoy was placed at the point of median intersection. And the grand total of the angles of the triangle even surpassed the sum hypothesized. The thesis defense went brilliantly.

True, at the defense Ovsiannikov did withhold the fact that a fourth median had been discovered. There was still the doctoral dissertation ahead.

ЗВЕЗДОЧКА

Дедушка Ленин — самый хороший человек. Он сделал революцию, и он был простой. Простые советские люди всегда хорошие. Но все же не такие, как дедушка Ленин. Немножко похуже. Но надо стараться. Как посмотришь на звездочку, так и стараться.

Нам всем сегодня такие прикололи, даже Кегулихесу. Ему раньше сказали, что не примут в октябрята, потому что он пел на продленном дне. Но потом, видно, забыли: там было много народу. И в суматохе он все же встал в строй. Ему и прикололи. Он теперь ее прячет под курткой. Вдруг заметят и начнут отнимать.

А Валера Миненко, он любимчик, грозится, что сейчас пойдет и расскажет, тогда обязательно отнимут. А это уже не просто отнимут, а исключат. Поэтому Кегулихес дал ему двадцать копеек. А Валера сказал, что двадцать копеек — мало за октябрятскую звездочку, потому что она — частица красного знамени. Или нет, это пионерский галстук частица красного знамени, а октябрятская звездочка — чего-то другого. Я все перепутала.

В общем, Валера Миненко захотел пятьдесят копеек, и Кегулихес стал плакать. Мне его стало жалко, но у меня была только двушка. Тогда я дала Валере по морде, а он сказал, что теперь уж точно расскажет, и про меня тоже.

Но тут нас всех отпустили домой. Он пошел рассказывать, а я убежала. И звездочку приколола моему мишке. Не придут же они домой ее отнимать. И мы стали с мишкой играть в революцию, но ничего не вышло, потому что он толстый и добрый, а со звездочкой стал смешной. Так что в герои он не подошел, и в гады-белогвардейцы тоже. Мне было жалко его расстреливать. Тогда мы с ним расстреляли Евгению Михайловну, чтоб не держала любимчиков, но у нее всегда так трясутся щеки, что мне стало противно по ней стрелять, и я стала рисовать дедушку Ленина.

THE LITTLE STAR

Uncle Lenin is the very best person in the whole wide world. He made the Revolution, and he was a simple man. Simple Soviet people are always good. Well, not as good as Uncle Lenin. Just a little bit worse. But you have to keep trying. And looking at the little star will always make you feel like trying.

Today all of us got pinned with little stars, even Kegulikhes. Before, they said that he couldn't be an October Scout because he was at the very bottom of the class. But then, I guess, they forgot. A lot of people were there. And when no one was looking he just got into line with the rest of us. So they pinned him too. Now he hides the star under his jacket. If they see it, they'll take it away.

But Valera Minenko—he's the teacher's pet—he says he's going to snitch, and then they'll take it away for sure. And they won't just take it away, they'll expel him. That's why Kegulikhes gave Valera twenty kopecks. But Valera says that twenty kopecks is too little for an October Scout star because it's part of the Red Banner. Or no, I forgot, it's the Pioneer neckerchief that's part of the Red Banner. The October Scout star is part of something else. I got it all mixed up.

Anyway, Valera Minenko said he wanted fifty kopecks, and Kegulikhes started crying. I felt sorry for him, but I only had a two-kopeck piece. So I punched Valera in his ugly face, and he said now for sure would tell . . . on me, too.

Then it was time to go home. He went to snitch, and I ran home. And pinned the little star on my teddy bear. They're not going to come all the way to my house to take it away. Then teddy and me started playing revolution, but it didn't work, because he's chubby and sweet and the little star made him look funny. So he couldn't be a hero, and he didn't look like a scummy white guard either. I felt too sorry to shoot him. So he and I decided to shoot Yevgeniia Mikhailovna, in order that she wouldn't have pets any more, but her cheeks always shake so much that I got sick of aiming at her, and I started drawing Uncle Lenin instead.

У меня есть книжка, я по ней срисовывала. Но у меня дедушка Ленин получался злой. Тогда я нарисовала еще раз, и он получился хитрый, и мне расхотелось рисовать. Потому что я плохо умею. Все-таки я попробовала хотя бы по кальке обвести. Ведь октябрята должны быть настойчивыми и всякую работу доводить до конца. Но я не довела, до того расхотелось. Наверное, я все-таки не простая.

Я стала смотреть на звездочку, чтобы стараться. А у нее уголок, там где краска, облупился, а под краской она оказалась белая. И некрасиво. Поэтому мне и звездочку расхотелось, я ее отцепила от мишки и приколола на черный передник. Завтра уже не праздник, и я пойду в черном. И если будут эту звездочку снимать, то пускай. Если мне когда-нибудь еще ее захочется, я себе необлупленную куплю. Она в киоске десять копеек стоит. А может, и не куплю, не знаю.

I have a little book that I draw from. But my Uncle Lenin came out looking mean. So I drew him again, but the second time he looked like a fox, and I got sick of drawing. Because I'm not very good at it. I tried one more time, tracing. An October Scout, see, is supposed to be persistent and do every job to the finish. But I didn't, because that's how sick of drawing I was. I guess I'm just not simple.

Then I started looking at the little star so that it would make me try. But it's chipped in one corner and under the paint the star is white. And ugly. So I got sick of the star and took it off my teddy bear and put it on my black pinafore. Tomorrow's not a holiday any more, so I'll wear the black one to school. And if they take the little star off, who cares? If I ever want another one, I can buy one that isn't chipped. They cost ten kopecks at the kiosk. Or maybe I won't buy one. I don't know.

ДОЛГ

И снится Аксютину сон. Будто бы он со своим начальником, Петром Андреичем, в командировке — в маленьком незнакомом городке. Городок этот, как во сне бывает, очень уютный, весь мощеный каменными плитками, а между ними травка и лопухи. Так что Аксютин с удовольствием по нему гуляет, пока начальник что-то там улаживает. И заходит Аксютин в мелкий магазинчик, а там обмирает прямо на пороге: ну всё есть!

И колбаска сырокопченая, и кетчуп, и масло, и даже те треугольненькие вафли с изюмом и розовой начинкой, которые Аксютин ел когда-то в детстве, а потом и думать забыл. А на соседнем прилавке — вы представляете — топорщится груда джинсов, и все с ярлычками и всякими штучками — фирма, одним словом. Тут Аксютин мысленно проклинает свой нестандартный рост и размер, но на всякий случай спрашивает чернявого продавца, подойдет ли что на него. Тот, не переспрашивая, и вообще без единого слова, роется по полкам и выбрасывает Аксютину синие вельветы-мамочки, точно на Аксютина, только надо подвернуть! И стоят они — сколько бы вы думали? — сорок пять рублей.

Тут Аксютин не выдерживает, просит, чуть не плача, отложить (а продавец, опять-таки, соглашается) и мчится к Петру Андреичу одалживать. Тот лезет в бумажник и без особой, впрочем, охоты вынимает хрустящие полста, а Аксютин сбивчиво клянется, что завтра утречком возвратит.

Тут бы, конечно, и звенеть будильнику — но ничего подобного! — Аксютин успевает еще вернуться в магазин, подробно примерить, выбить чек, и прямо в своих уже вельветах выходит из магазинчика на теплую улицу и идет какими-то двориками, пока не начинается вечер. И потом только просыпается — сам, без будильника.

THE DEBT

Aksiutin has this dream. That he's with his boss, Piotr Andreich, on a business trip in a small town he's never seen before. The little town, as happens in dreams, is very cozy, with stone tiled streets and grass and burdock growing in the cracks. So Aksiutin is enjoying his stroll through the town while his boss is taking care of something. And then Aksiutin walks into a tiny store and just about faints in the doorway: it has absolutely everything!

Smoked sausage, and ketchup, and butter, and even those triangular wafer cookies with raisins and pink filling that Aksiutin used to eat as a child and hadn't given a thought to since. And there on the next counter (can you imagine?) is a whole pile of jeans, all of them with hip labels and fancy stitching—brand-name jeans! At this point Aksiutin silently curses himself for being so hard to fit but just on the off chance asks the swarthy salesman whether he has anything that might fit him. Without a single word, the salesman digs into the pile and tosses Aksiutin a pair of navy blue cords. Mama mia! Exactly Aksiutin's size. All he has to do is turn them up! And they cost only (how much do you think?) forty-five rubles!

Aksiutin can't hold out any longer and with tears in his eyes begs the salesman to put the jeans aside (the salesman actually agrees) and runs off to borrow some money from Piotr Andreich. The latter digs into his wallet and less than enthusiastically pulls out a crackling new fifty-ruble note, and Aksiutin stammers a promise to pay back the debt first thing in the morning.

At this point, of course, the alarm clock should go off, but it doesn't even click, and Aksiutin has time to return to the store, where he tries on the jeans, pays the bill, walks out of the little store into the street and strolls through a series of courtyards until evening falls, dressed in what are now his very own cords. Only then does he wake up . . . on his own, without the alarm clock.

Когда Аксютин пришел на работу, он вспомнил сон и, здороваясь с начальником, почему-то смутился. И начальник как-то не так посмотрел, а впрочем, наверное это только показалось, и день прошел как обычно. На следующую ночь Аксютину снился обитый чем-то вишневым оперный театр, в котором он почему-то должен был танцевать в запорожских шароварах, а потом и вовсе всякая чертовщина, и так прошла неделя.

На работе в эту неделю Аксютин все чаще чувствовал на себе начальственный взгляд и каждый раз дергался, и тогда начальник глаза отводил. А в пятницу после работы он вышел вместе с Аксютиным и сказал ему так:

— Слушай, Алексей Иванович, ты у меня полтинник одалживал, так мне сейчас нужно его до зарезу. Когда вернешь?

— Так ведь во сне одалживал, Петр Андреич, — пробовал отшутиться Аксютин, но шутка не вышла.

— Вот во сне и верни, здесь-то мне и так хватает, — твердо ответил начальник, не поддаваясь на улыбку, и пошел своей дорогой, а Аксютин остался стоять.

В ночь на субботу он настойчиво заказал себе сон с тем городком, но вместо этого увидел, как по широкой лестнице льется вода, а на ступеньках, поднимая брызги, танцуют какие-то бабы в одних чулках. Нечего и говорить, что в следующую ночь тоже ничего не вышло, и Аксютин запаниковал.

В воскресенье вечером, когда Аксютин в отчаянии стелил постель, он заметил, что сын Антошка прячет под подушку учебник алгебры, и сурово допросил, зачем. Выяснилось, что Антошка все воскресенье гонял собак, а завтра четвертная контрольная, и вспомнил он о ней только что. А говорят, что учебник под подушкой — верное дело, и уж точно лучше, чем ничего. Тут Аксютин, вместо того чтобы учинить сыну нагоняй, потрепал Антошку по затылку и сказал:

— Действительно. Хоть бы у вас пятидневка была, как у людей — так и того нет. Спокойной ночи, сынок.

И, оставив изумленного Антошку, полез тайком в шкатулку, вынул оттуда пятьдесят рублей и потихоньку сунул под подушку.

When Aksiutin arrived at work, he remembered his dream and, without knowing why, felt uneasy greeting his boss. And his boss gave him sort of a funny look. But Aksiutin probably just imagined it all, for the rest of the day went as usual. That night Aksiutin dreamed of an opera house draped in cherry-red where for some strange reason he was supposed to dance, dressed in wide Cossack pants. This was followed by all sorts of bizarre things, and so passed the rest of the week.

During that week at work Aksiutin more and more often felt his boss's stare; each time he would jerk his head up, his boss would look the other way. But on Friday Piotr Andreich walked out with Aksiutin and said, "Listen, Aleksei Ivanovich, you borrowed a fifty from me, and now I'm a goner if I don't get it back. When can you pay up?"

"But I borrowed it in a dream, Piotr Andreich," Aksiutin tried to joke, but with no success.

"So return it to me in a dream. Here I've got more than enough," his boss answered resolutely, not cracking a smile, then headed off, leaving Aksiutin standing there.

On the night of Friday over Saturday he resolved to dream of the little town, but instead saw water flowing down a wide staircase where two broads wearing nothing but garter belts splashed and danced on the steps. Needless to say, nothing came of his efforts the next night either, and Aksiutin started to panic.

Sunday evening, as Aksiutin despondently made the bed, he noticed that his son Antoshka was hiding an algebra textbook under the pillow, and he sternly interrogated the boy. The fact was, Antoshka had spent all day Sunday chasing dogs and had just remembered that he had an algebra final the next day. Sleeping with a textbook under your pillow is supposed to do the trick; it certainly beats doing nothing. Instead of chewing his son out, Aksiutin just patted Antoshka on the head and said:

"Poor kid. If only you had a five-day week, like grown-ups do.... Good-night, son."

Leaving Antoshka in near shock, he secretly slipped his hand into the jewelry box, pulled out fifty rubles, and quietly shoved the money under his pillow.

Заснул Аксютин не сразу — волновался. Но во сне немедленно оказался где следует, а вот из-за угла выходит Петр Андреевич и идет к нему по лопушкам. Тут Аксютин, суетясь, здоровается и говорит, что за ним должок, и трепетно лезет в боковой карман — а там, естественно, пусто. Петр Андреевич терпеливо ждет, пока Аксютин шарит везде, где только можно, бормоча оправдания, а не дождавшись, уходит без единого слова. Аксютину становится нехорошо, но проснуться он не может, а шарит еще и в носках.

В понедельник с утра Аксютин опоздал на работу на полторы минуты (подвел троллейбус) и получил от Петра Андреевича строгий выговор. С тех пор жить Аксютину стало совсем плохо. Начальник не спускал ему ни единого промаха, маленькие вольности, доступные каждому сотруднику — сбегать в магазин или, скажем, пойти днем к зубному врачу — были для Аксютина наглухо закрыты, а на совещаниях Петр Андреевич пространно рассуждал о людях, на которых ни в чем нельзя положиться. Даже при раздаче пайков Аксютина теперь обделяли, и страшные слова "пишите заявление" вот-вот должны были рухнуть на бедную аксютинскую голову.

Ночи Аксютина тоже превратились в сплошной кошмар. Пятидесятирублевка пропадала буквально в последнюю минуту — только что ведь была в кармане, а карман Аксютин зажимал рукой! А однажды ее уж неизвестно как выманила у Аксютина цыганка на улице перед магазинчиком. Петр Андреевич с ним во сне не разговаривал, только смотрел, и это было хуже всего.

И вот однажды — вы представить себе не можете! — положив, как обычно, деньги под подушку, бедный Аксютин опять очутился в том самом городке и встретил начальника, и в нужный момент бумажка оказалась на месте! Петр Андреевич даже удивился, но виду не подал, а на сбивчивые извинения Аксютина, что так долго, ворчливо сказал:

— Да ладно, со всяким бывает, — и ворчливый этот тон (от которого Аксютин успел уже отвыкнуть, а привыкнуть к ледяному и вежливому) излился на Аксютина сладостным счастьем.

Утром Аксютин, едва проснувшись, полез под подушку. Денег там не было. И Аксютин облегченно всхлипнул.

Aksiutin was too anxious to fall asleep immediately. But when sleep finally came, he found himself right where he was supposed to be and there, around the corner, comes Piotr Andreevich, walking towards him through the burdock. Fumbling, Aksiutin greets him and says that he owes him some money and nervously digs into his side pocket, which, naturally, is empty. Piotr Andreevich waits patiently as mumbling excuses, Aksiutin rummages everywhere, then, not waiting for Aksiutin to finish, walks off without a single word. Aksiutin feels sick, but can't wake up, and so starts rummaging in his socks.

Monday morning Aksiutin was a minute and a half late for work (the damn trolley!) and received a strong reprimand from Piotr Andreevich. After that Aksiutin's life was miserable. His boss wouldn't let him get away with a thing; minor infractions normally permitted every employee (say, running down to the store or skipping out during the day to go to the dentist) were out of the question for Aksiutin, and at meetings Piotr Andreevich would go on at length about people who couldn't be relied on for anything. Aksiutin even got short-changed when rations were distributed, and at any moment the dreadful words "turn in your resignation" might come crashing down on poor Aksiutin's head.

Aksiutin's nights too became a running nightmare. The fifty-ruble note would disappear just when he needed it; it was in his pocket just now, and he'd kept his hand there to make sure it wouldn't fall out! Once, lord knows how, a gypsy woman managed to pick his pocket on the street right in front of the little store. In these dreams Piotr Andreevich wouldn't say a word to him, just looked at him, and that was worst of all!

And then once (you just can't imagine!) after he had gone through the ritual of placing the money under his pillow, poor Aksiutin again found himself in that same little town, met his boss, and—just when he needed it—the money was there! Piotr Andreevich didn't let on that he was surprised and in response to Aksiutin's inept excuses for having taken so long merely growled, "Forget it, it happens to everybody," and that growl (to which Aksiutin had grown unaccustomed, reconciled as he was by now to icy formality) flooded Aksiutin with the sweetest joy.

As soon as he awoke the next morning Aksiutin felt under the pillow. The money was gone. And Aksiutin heaved a sigh of relief.

КТО ИХ ЗНАЕТ

Был он прекрасным телевизором КВН, или, как ласково называли его в семье, Веня. Технические характеристики и рекомендации были у него не хуже, чем у людей — экран по диагонали 56 сантиметров, внешний вид радовал душу, а место, на котором его установили в квартире — как раз напротив дивана, чуть левее пианино, — не оставляло желать.

Но Веня желал. Чего? Он и сам не мог бы ответить на этот вопрос, да его и не спрашивали, и это было самое обидное. Правда, хозяева лелеяли его по-своему: купили специальную тумбочку в тон, ручек зря не крутили, горячим паяльником с целью усовершенствования в душу не лезли и включали с уважением. Хозяйка даже купила было ему бархатную накидку с экзотикой и кисточками, но уж этому Веня решительно воспротивился.

Двое суток он не давал изображения и звука, а когда однажды дал, то пришла соседка сверху с нарядом добровольной народной дружины. Хозяева в горе вызвали мастера, но тот, придя, снял накидку, и Веня развернулся во всем блеске и красоте первой программы. Мастеру долго пожимали руку, а он пожимал плечами и на всякий случай полез щекотать Веню внутри, но Веня, даром что выключен, шарахнул его с кенотрона для острастки сотней вольт, и мастера отнесло в безопасный угол, откуда он сказал Вене: "У, животная!", но, впрочем, сказал с уважением.

С тех пор накидка перекочевала куда-то в другую комнату, которой Веня никогда в жизни не видел. Одно время он развлекался тем, что представлял ее себе по отдельным услышанным фразам, и однажды, расхрабрившись, изобразил ее со всей обстановкой, включая кота Марыську, в одном из многосерийных телефильмов. Но хозяева на это никак не отреагировали, хотя смотрели все серии исправно и с интересом.

YOU NEVER CAN TELL

He was a wonderful television, a KVN, or, as they fondly referred to him in the family, Venia. His technical credentials and recommendations were by no means inferior to a real person's: a twenty-one inch screen, a cabinet that was a sight for sore eyes, and the spot where he stood in the apartment—directly opposite the couch and just left of the piano—could leave no more to be desired.

Yet Venia desired. What? He himself couldn't answer that question, and besides, no one asked him—which was more insulting than anything else. True, his owners pampered him in their own way: they bought him a special matching stand, didn't twist his knobs, never got too personal trying to perfect his picture with a soldering gun, and they turned him on and off with respect. The wife even bought him a velveteen runner wth fringe and tassels, but Venia protested the ornamentation point blank.

For two days he wouldn't emit a picture or sound, though once, when he relented, the upstairs neighbor woman came running with a retinue of volunteer peace officers. In despair his owners called a repairman, who promptly removed the runner, and Venia lit up with all the shimmer and beauty of Channel One. Though they shook the repairman's hand heartily, he merely shrugged his shoulders; then, just for good measure, he crawled in to tickle Venia's insides, whereupon Venia, the fact that he was unplugged not withstanding, zapped him with a hundred warning volts from his rectifier and sent the repairman reeling. Only from the safety of a distant corner did he say to Venia, "You little bastard," though he said it with respect.

After that the runner resettled somewhere in another room, one Venia had never seen. For a while Venia amused himself by guessing what the room looked like, basing his speculation on isolated remarks he overheard, until finally, having mustered his courage, he inserted a picture of the room, complete with furniture and Marys'ka the cat, into an installment of a television mini-series. His owners, though they watched the entire series closely, showed absolutely no reaction.

Так Веня и не узнал никогда, как выглядит та комната, но любви к эксперименту не потерял. Время от времени он вставлял в программу свои реплики, немало радуя хозяев, а когда семилетняя Наташка заболела, вопреки утвержденной программе целый день показывал импровизированные мультфильмы с хорошим концом. Хозяева об этом, конечно, не знали, это был их с Наташкой секрет, и она не проболталась даже тогда, когда Веня выдал трехдневный спектакль по мотивам Евгения Шварца.

Со взрослыми было сложнее. Веня не забыл, как подвел он хозяина, когда из лучших побуждений, транслируя матч "Динамо"—"Черноморец", забил киевским динамовцам восемь гениальных мячей, и хозяин стонал от восторга, и позвал соседей, и все было прекрасно, как в сказке, пока хозяин не начал делиться впечатлениями с сотрудниками по работе. Они посмотрели на него сначала странно, а потом холодно, потому что недостойно одессита радоваться тому, что родная команда так пострадала от киевлян. И чем больше хозяин пытался выяснить недоразумение, тем холоднее на него смотрели.

С тех пор Веня был осторожнее, и хотя иногда так и чесались у него лампы поменять огорчительный прогноз погоды или неправедные оценки жюри по фигурному катанию, он сдерживался и соблюдал объективную реальность.

Он ограничивался тем, что решал Наташке трудные задачи с подробным объяснением, менял эстрадных певцов по вкусу хозяйки и радовал всех великолепными шутками, вложенными в выразительные уста пана Директора. Ну иногда, когда уж совсем не было сил терпеть, оттенял лицо Валентину Зорину холуйским подмигиванием. Друзья и знакомые, несмотря на наличие своих, иногда даже цветных, телевизоров, предпочитали оказаться в гостях у Вениных хозяев к началу чего-то очередного.

Но хотя Вене льстила такая популярность, хотелось ему иногда чего-то другого, смутного и неосознанного. Может быть, он хотел, чтобы поговорили с ним по-хорошему, потрепали по холке, как кота Марыську, спросили наконец, как жизнь, и, выключая, пожелали спокойной ночи? Или ему хотелось время от времени включиться в общую беседу и что-нибудь такое рассказать или посоветовать, и чтоб спросили его, Венина, мнения, изобразили в лицах свежий анекдот или просто пожаловались на производственные неприятности?

Venia never did learn what the room looked like, but he retained his love for experimentation. From time to time, to the joy of his owners, he would insert his own dialogue into programs, and when seven-year-old Natashka got sick he overrode approved programming and broadcast a whole afternoon of improvised cartoons with happy endings. His owners, of course, didn't know, it was his and Natashka's secret, and she never let on, not even the time Venia produced a three-day series based on the works of Yevgenii Shvarts.

With adults it was more complicated. Venia never forgot how once he'd embarrassed his owners by broadcasting the Kiev-Odessa soccer match and, with only the best intentions, scored eight spectacular goals against the Kiev "Dynamo" team. The husband moaned in delight, called in the neighbors, and everyone lived happily ever after, until that is, the husband started sharing impressions of the game with his co-workers. They looked at him, first strangely, then coldly, since it hardly befits an Odessite to take pleasure in a home team loss at the hands of the Kievans. The harder Venia's owner tried to explain the misunderstanding, the colder the stares became.

After that Venia was more careful, and even when his tubes fairly itched to change a disappointing weather forecast or unfair marks from the figure skating judges, he restrained himself and observed the rules of objectivity.

He limited himself to helping Natashka with difficult word problems, to substituting popular singers more to the wife's taste, and to amusing them all with wonderful jokes, which he placed in the expressive mouth of the variety show host. Well, sometimes, when it was just too much to bear, he'd weaken and cast an obsequious grimace on Valentin Zorin's face. Their friends and acquaintances, though they had their own (in some cases color) televisions, preferred to drop in on Venia's owners toward the beginning of some routine broadcast.

While such popularity flattered Venia, he sometimes wanted something else—something indistinct that was not entirely clear even to him. Perhaps he wanted to have a good talk with someone, or for someone to pet him between the ears (as they petted Marys'ka the cat), to ask him, finally, how life was treating him, and, as they turned him off, to wish him a "good night"? Or was it that from time to time he'd wish he could join in the conversation and tell them a story or lend them advice, or, better yet, that they would ask his, Venia's, opinion, tell him the latest joke, or just share their problems at work with him?

А может, ему хотелось чего-то совсем другого? Трудно сказать. Кто их, телевизоры, знает.

Or maybe he wanted something entirely different? It's hard to say. You never can tell with televisions.

КНИЖЕЧКА

Ну скажите на милость, кто же это мог такое предвидеть? Вот если бы у вас этот день начинался так же, как у Ивана Андреевича, думаете, вы бы сообразили? Это если даже предположить, что вы так же знаете жизнь, как Иван Андреевич — но куда там! Жди от современной молодежи понимания или хотя бы внимания к тому, что им говорят.

Ну вот. Вы уже фыркаете. А не надо фыркать, не надо! Надо слушать, когда с вами разговаривают. А то я могу и не рассказывать.

В общем, Иван Андреевич был УОВ, иначе говоря, участник ВОВ. Если совсем между нами, то он и участником не был, а заведовал в это время продуктовым складом в городе Ташкенте. Но в конце войны он напрягся и добыл бумагу, из которой косвенно следовало его участие. Потом он переехал в город Киев, где жил не хуже других. А в 1975 году Иван Андреевич по внезапному наитию отыскал Петра Николаевича и с его неохотной помощью выправил удостоверение, из которого его участие следовало уже не косвенно, а было зафиксировано черным по белому. И когда подошло время льгот и привилегий, у Ивана Андреевича было уже все в порядке, и согласитесь, что очень кстати.

Если вы думаете, что человеку с привилегиями намного легче, чем вам, то чего еще от вас ждать. Интересно было бы посмотреть, как бы вы побегали одно утро вместо Ивана Андреевича.

Первым делом, конечно, Иван Андреевич пошел в распределитель (Анюта просила апельсинчиков) и настоял на том, чтобы самому выбрать. Если с этой публикой без твердости, то на шею сядут. Заодно заказал на завтра Киевский торт — ни по какому случаю, а просто для поддержания престижа. Если вы еще не знаете, то объясняю: Киевский торт в Киеве — торт льготный, и нигде вы его не купите, и тем более просто так не закажете, его можно только получить — тем, конечно, кто достоин. А какие вы делаете лица, когда видите на улице человека с этим тортом в авосечке — нам известно, не сомневайтесь. А что вам еще остается — зелен виноград!

THE LITTLE GRAY BOOK

Now I ask you, who would have seen it coming? If your day had started out as Ivan Andreevich's had, would you have figured it out? And that's assuming you know as much about life as Ivan Andreevich—unlikely! Just try getting young people these days to listen, or to pay any mind at all to what they're told.

So! Sneering already, are you? Well, just wipe that sneer off your face and listen when you're spoken to. I don't have to tell this story, you know.

As I was saying, Ivan Andreevich was a WW II vet, in other words, a veteran of the Second World War. Just between you and me, he hadn't really been in combat; he'd been in charge of a food warehouse in Tashkent. But at the end of the war he'd pulled a few strings and managed to get a piece of paper that indirectly implied that he had been in combat. A little while later he moved to Kiev, where he lived no worse than anyone else. Then, in 1975, Ivan Andreevich suddenly got the bright idea of tracking down Piotr Nikolaevich, with whose unwilling assistance he landed a certificate that didn't just indirectly imply but explicitly stated, in black and white, that he had been in combat. So when the time came for discount rates and special privileges, Ivan Andreevich had everything in order, and, you'll agree, with good reason.

If you think that a person with privileges has it any easier than you, then there's no sense even explaining. But I'd like to see you try running around some morning instead of Ivan Andreevich.

First thing, of course, Ivan Andreevich set off for the ration center (Aniuta had asked for oranges) and insisted that he be allowed to choose his own fruit. Unless you show those people who's boss, they'll eat you alive. He also ordered a Kiev torte for the next day, not because it was a special occasion, just to maintain his prestige. If you still don't know, I'll explain. In Kiev a Kiev torte is a perquisite torte, one you can't buy anywhere, not to mention order in advance, and available only to the deserving few. And don't think we don't see the look on your face when you run into someone on the street carrying a Kiev torte in a string bag. And all you've got are sour grapes!

Потом Иван Андреевич зашел в железнодорожные кассы и взял Сашке и Машке билеты в Москву, хотя, конечно, и не следовало. Пусть бы хоть раз постояли в этом двухчасовом хвосте, а потом бы узнали, что нет купейных — вот тогда бы ценили деда, лоботрясы. Излишняя доброта — она тоже вредная, но что поделать — сердце не камень. Что ему в конце концов стоит — пришел и взял без очереди, никто и не пикнул. Даже книжечку показывать не пришлось, а жалко. Показывать книжечку — дело приятное, если, конечно, умеючи. Дать какому-нибудь молокососу расшуметься и покачать права — а потом раз — и предъявить. И все, не надо больше ничего говорить. Дальше ему сама очередь выдаст за его счастливое детство. Рад будет ноги унести.

Вы думаете, дальше Иван Андреевич пошел уже домой? А в аптеку кому со спецбланком? Ради одного этого стоило постараться — чтоб не иметь проблем с лекарствами. Прямо удивительно, как еще при таком безобразии вокруг хотя бы для УОВ всегда все есть, ведь разболтался народ до последней крайности, то и дело приходится гайки подкручивать. А нервы, между прочим, тоже не железные. Можно бы и поберечь пожилых людей, но как же — вы побережете!

Вот пожалуйста, далеко ли за примером — вышел Иван Андреевич из аптеки и увидел мороженные югославские фрукты, а за ними, конечно, уже драка. Так какая-то баба (и не молодая уже, а совести как у нынешней вертихвостки!) стала орать на Ивана Андреевича, что она в двадцать лет осталась вдовой из-за той же войны, и поэтому якобы старого ветерана надо лишить его законного права! Как вам это нравится? И вы думаете, легко было поставить ее на место? Хорошо, что Иван Андреевич случайно попал в точку — сказал, что надо еще разобраться, не в плен ли сдался ее муж, а то слишком много невинных якобы жертв развелось. Тут она разревелась и, слава богу, ушла.

Хлопотный, в общем, денек, но не правда ли — ничего необычного! Так почему же Иван Андреевич должен был что-то предвидеть, когда вошел в автобус и по плечу похлопал ближайшего сидящего юнца, предъявляя одновременно книжечку? Вы думаете, что юнец сделал? Встал и уступил место?

Так вот, он вместо этого глянул на Ивана Андреевича и на весь автобус заорал:

Next, Ivan Andreevich went down to the railroad station and bought tickets to Moscow for Sasha and Masha, though, of course, he shouldn't have. Let them stand in that snail parade for a couple of hours only to find out that there aren't any sleeper tickets, then they'll appreciate their grandfather, the punks. Too much of a good thing, but what are you going to do? Your heart's not made of stone! After all, what does it cost him: he bought them as soon as he got there, without having to stand in line, and nobody made a peep. He didn't even have to show his little gray book. Too bad, though. Showing your book can be enjoyable, provided, of course, you do it right. First you let some milksop make a scene and demand his rights, and then (take that!) you whip it out. After that the whole line will make him pay for his happy childhood. He'll be lucky to get away with both legs intact.

You think Ivan Andreevich went home after that? Then you tell me who went to the pharmacy with the special prescription card? Just being able to get the right medicine made it worth the effort. What with things the way they are these days it's downright amazing there's anything left for veterans. People are getting spoiled and once in a while you've got to tighten a few screws. Nerves, by the way, aren't made of steel. Elderly people ought to be taken care of. Oh you'll take care of them all right!

Here's an example for you: when Ivan Andreevich walked out of the drugstore, he saw they were selling frozen Yugoslavian fruit and, sure enough, a fight had already broken out. Some bitch (no spring chicken either, though she acted just like one of those modern hussies!) started laying into Ivan Andreevich about how she'd been made a widow at twenty by the same war—as if that meant an old veteran should be deprived of his lawful rights! How do you like that? And you think it was easy putting her in her place? Lucky for Ivan Andreevich he hit his mark with the first shot: he told her it remained to be seen whether her husband hadn't really deserted to the enemy; there seemed to be an awful lot of so-called innocent victims around these days. At which point she started bawling and left, thank god.

It was one of those days, though (isn't it the truth?) not terribly out of the ordinary. So how in the world was Ivan Andreevich supposed to know what was coming when he got on the bus and tapped that lug sitting in the nearest seat and showed him his little book? Do you know what that lug did? Got up and offered his seat?

Oh no! Instead, he looked up at Ivan Andreevich and shouted for the whole bus to hear:

— Ты ветеран? А я идиот!

Тут же зарычал и ухватил, подлец, книжечку зубами. Молодая нахалка рядышком немедленно оказалась его женой и, повиснув на нем, запричитала: мол, сидит уже человек тихо, так надо именно к нему прицепиться! Подымал бы здоровых, а как его теперь успокоить, и так все утро промучилась... и тому подобную чушь. Идиот в это время рвался к Ивану Андреевичу, а книжечку куда-то успел задевать. Жена (знаем мы таких жен, как же!) потащила его к выходу, и Иван Андреевич вознамерился выйти тоже и книжечку отобрать, но идиот нехорошо оскалился, сказал "идем-идем" и потащил Ивана Андреевича за рукав. Так что Иван Андреевич предпочел вырваться и остаться в салоне.

Улыбайтесь-улыбайтесь, вы, конечно, лучше всех знаете, что надо было делать. Все такие умные потом. Иван Андреевич тоже через два часа сообразил, как следовало действовать, но это было через два часа, а тогда он просто громко сказал: "Безобразие!", на что никто в автобусе не отозвался.

Делать было нечего, и на другой день Иван Андреевич пошел к Петру Николаевичу в Комитет Ветеранов. Петра Николаевича он в кабинете не застал, а за его столом сидел молодой человек секретарского вида, причем сидел нахально. Пришлось спросить у него, когда будет Петр Николаевич.

— А какое у вас дело? — ответил этот вопросом на вопрос.

— Знаете, — холодно сказал ему Иван Андреевич, — я у вас про ваши дела не спрашиваю. И что вы вообще здесь делаете? Как ваша фамилия?

— Я здесь, гражданин, работаю вместо товарища Артамонова, — сладко сказал этот тип и, к ужасу Ивана Андреевича, показал ему в развернутом виде серенькую ветеранскую книжечку с налепленной своей физиономией. Тут Иван Андреевич совершенно остолбенел, и так стоял и смотрел на нахала. Ну лет сорок — не больше! Но с другой стороны — документ...

— А позвольте теперь спросить, кто вы? — вел дальше настырный товарищ.

— Видите ли, — замялся Иван Андреевич, — у меня вчера пропало удостоверение УОВ, а я у вас числюсь... вы посмотрите — Павлюшин моя фамилия. Так вот, желательно новое получить.

"You're a veteran? Well, I'm a madman!"

Then he started growling, the bastard, and grabbed the book in his teeth. The young hussy sitting next to him all of a sudden turned out to be his wife and started hanging all over him and carping about how the man's just sitting here quietly minding his own business when—of all people—they go after him! Could have asked someone healthy to get up, but no, and now how was she going to calm him down, she'd spent the whole morning . . . and so on and so on. . . . At which point the madman lunged at Ivan Andreevich and snatched his little book. His wife (we know those wives!) dragged him to the exit. Ivan Andreevich first thought of following them off to get his little book back, but when the madman started snarling "come on, come on," and yanked Ivan Andreevich by the sleeve, Ivan Andreevich preferred to free himself and to stay on the bus.

Go ahead, smile, smile! You, of course, know better what he should have done. Everybody has twenty-twenty hindsight. Two hours later Ivan Andreevich also figured out what he should have done, but that was two hours later; at the time all he did was cry out "How disgusting!" though no one on the bus picked up on it.

What was done was done, so the next day Ivan Andreevich set off to see Piotr Nikolaevich at the Veteran's Committee. Piotr Nikolaevich wasn't in his office. At his desk sat a younger man, one of those administrative assistant types, looking like he owned the place. Ivan Andreevich had no choice but to ask him when Piotr Nikolaevich would be in.

"Why do you need to know?" he answered the question with a question.

"Listen," Ivan Andreevich said coldly, "it's none of your business. What are you doing here, anyway? What's your name?"

"I, citizen, am Comrade Artamonov's replacement," the guy said sweetly and, to Ivan Andreevich's horror, showed him a little gray veteran's book with his picture pasted inside. This threw Ivan Andreevich for a total loop and he just stood and stared at the upstart. Forty, at most! But, on the other hand, he did have that little book. . . .

"And who, may I ask, are you?" the ornery comrade persisted.

"You see," Ivan Andreevich mumbled, "I lost my veteran's book yesterday, and I'm in your files, . . . you can check. Pavliushin's the name. I'd like to get a new one."

105

— Это какая-то ошибка, гражданин, — сладко расплылся этот. — Я хорошо помню: нигде вы у нас не числитесь.

— Да как же? Да вы даже не смотрели, и меня в первый раз видите! Как вы можете помнить? — зашелся Иван Андреевич, но знал уже, что не поможет.

— Русским языком вам, гражданин, говорят: нету вашей карточки! И не было! И не надо мне смотреть — я и так знаю! Вы можете предъявить какие-то документы?

— Так пропало же... — упавшим голосом сказал Иван Андреевич, и тут разговор с ним был окончен. Он вышел на улицу и пошел онемело.

Что вы опять ухмыляетесь, я вас спрашиваю? Конечно, дождешься от вас сочувствия! Нечего было вам все и рассказывать.

Ладно-ладно, я посмотрю на вас через сорок лет!

"There must be some mistake," the other grinned sweetly. "I know for certain you're not in our files."

"What do you mean? You didn't even look, and you've never seen me before! How do you know?" Ivan Andreevich protested, fully realizing that it wouldn't help.

"I told you in plain Russian, citizen, there's no card for you, there never was, and I don't have to check. I just know! Can you show me any proof?"

"I told you I lost it...," Ivan Andreevich said dejectedly, and there the discussion ended. He walked outside and set off, deaf and blind to the world around him.

You're snickering again, aren't you? I should have known. Just try and get a little sympathy from you! I shouldn't have told you the whole story in the first place.

All right, fine, but I want to see you forty years from now!

СЕНЯ, КОТОРЫЙ ПРИНОСИЛ СЧАСТЬЕ

Неужели Ты погубишь и не пощадишь
места сего ради пятидесяти праведников
в нем?

Книга Бытия, гл. 18, ст. 24

Откуда, собственно, взяли, что Сеня приносит счастье, сказать трудно, но все знали, что так оно и есть. В общей лихорадке подачи, отъезда или отказа счастливчиков ревниво замечали, и ситуацию их анализировали — старались найти в безумной этой системе — кого выпускают, а кого нет — рациональное зерно. Разумеется, зерна не находилось, никакая закономерность не выкристаллизовывалась — и вот шли слухи, что из Одессы вдруг выпустили всех на буквы К и Л, в Питере метут всех подряд, из Киева выпускают только стариков по прямому родству, в Москве же совсем захлопнули технарей.

Слухи эти в основном соответствовали действительности, но опять-таки из них нельзя было понять, какие шансы имеет, например, молодой гуманитарий с русской женой, подающий из Тулы.

И только одна закономерность была очевидна — кому помогал Сеня, тот уедет, причем уедет безо всяких трагедий. Со всеми живыми. Не следует при этом думать, что Сеня был какой-то профессиональный помощник — нет, такой же человек, как и все. Он не славился умением заполнять анкеты, не было за ним известно никаких полезных связей, и юридически он был подкован не лучше других.

Нельзя сказать также, что Сеня был таким уж правозащитником — интервью он никаких не давал по причине плохо подвешенного языка, да и письма или другого какого документа сам составить не мог, не говоря уже о том, чтобы выдвинуть какую-нибудь новую инициативу.

SENIA THE DREAM—MAKER

"Peradventure there be fifty righteous within the city: wilt thou also destroy and not spare the place for the fifty righteous that are within?"

Genesis 18:24

It's hard to say how, exactly, Senia came to be known as a dream-maker, but everyone knew he was one. In the fever that accompanied application for exit visas, emigration, or even refusal, the lucky few were enviously noted and their cases dutifully scrutinized—all in an effort to find some grain of logic in that totally irrational system of who was allowed to leave and who wasn't. As might be expected, no such grain could be found and no pattern ever crystallized, and rumors ran rampant: in Odessa everyone whose last name began with "K" or "L" was suddenly let out, in St. Pete everyone was being tossed in the cooler, in Kiev only pensioners with blood relations abroad were granted exit visas, and in Moscow the doors were slammed shut for anyone in the sciences or engineering.

For the most part these rumors corresponded to fact, but, by the same token, shed little light on the chances of, say, a young humanist from Tula applying to leave with a Russian wife.

One pattern alone was obvious: anyone whom Senia helped got out and got out, moreover, without any difficulties. With the whole family. One should not conclude from this that Senia was some sort of professional advisor. No, he was just like everyone else. He possessed no special talent for filing applications, had absolutely no clout, and was no better versed in the law than the others.

Nor could it be said that Senia was one of those human rights activists. His tongue seemed to have been attached sideways, so he gave no interviews. And he was totally incapable of composing a letter or any other document, much less of mounting some new campaign.

Сам Сеня сидел в подаче довольно давно, хотя никто не знал, сколько именно. Больше двух лет, во всяком случае. Конечно, в отъездных кругах Сеню хорошо знали, но на то и отъезжанты, чтобы всем всех знать. Там-то и было замечено, что стоит Сене хоть как-то вмешаться в чье-то дело — порекомендовать консультанта, переслать запрос на вызов или подписать другими составленное письмо в защиту этого кого-то — да просто позвать человека в кризисе, поболтать и напоить чайком — и всё. И уедет. Безо всяких, причем, исключений. Все. Из любых ситуаций.

Тут бы, разумеется, сделаться Сене знаменитым человеком, но этого не случилось почему-то. Вроде, и знали про это его качество, но узнавали уже после того, как Сеня вмешался, а вмешивался он постоянно. Такой у него был талант — во все вмешиваться. Так что в том, что он так долго не получал визы, не было, собственно, ничего странного.

Жену его знали плохо, даже имени ее не запоминали: только что, например, знакомились — и вот, вылетело из головы, а переспросить неудобно. Она была маленькая и бесшумная — приносила чай с бутербродами, ставила чашки — и растворялась немедленно где-нибудь в уголке. Так же бесшумно она при необходимости ставила раскладушку, что-то такое стелила и доставала чистое полотенце.

Вроде бы был у Сени ребенок, но опять же не очень заметный — не вундеркинд, и потому к гостям со своими притязаниями не лез. Его видели главным образом в коридоре, едва войдя в дом — он вдумчиво ездил на крошечном велосипеде или шел вперевалку за тихо катящимся мячиком. Шумные приветствия гостей он переносил терпеливо — подавал, если требовалось, руку и отвечал на вопросы, но в долгие разговоры не вступал.

Так оно и шло, со всеми отъездными оттепелями и кризисами, и разъезжались Сенины друзья и знакомые, и он всех провожал, и целовали его в аэропорту, и обещали писать, и просили писать как только получит адрес — но потом все как-то не складывалось. Сеня был эпистолярно бездарен, а у друзей его были уже новые, уверенные жизни, без болючих беспомощных пятен.

И никто не ждал, что над Сеней вдруг грянет гром. Ну добро бы над Сашей Макаровым, который организовывал половину демонстраций и приводил на них толпы иноязычных корреспонден-

Senia himself had been waiting for a visa for quite a while, though no one knew precisely how long. More than two years, in any case. Of course, Senia was well known among applicants, but that everyone knew everyone else was just part of the process. It was the applicants who first noticed that all Senia had to do was to intervene in some way on someone's behalf—recommend a consultant, redirect a request for an official invitation, sign a letter (composed by someone else) in defense of so-and-so's rights, or just invite a person in trouble to tea—and that would be enough. They'd get to leave. Without, by the way, a single exception. All of them. Regardless of their backgrounds.

Senia, naturally, could have made quite a name for himself, but for some reason that didn't happen. Everyone sort of knew about this talent of his, but came to appreciate it only later, after Senia had gotten involved—and he was constantly getting involved. That was his talent, getting involved in everything. Therefore, there was absolutely nothing strange in the fact that he'd been waiting so long for a visa.

No one knew his wife very well, or even remembered her name: no sooner were you introduced than you forgot it, and it's awkward asking a second time. She was petite and quiet; she'd bring in the tea and the sandwiches, set out the tea cups, and quickly melt away into a corner. If need be, she just as quietly set up a cot, covered it with make-shift linens, and found a clean towel.

Supposedly, Senia had a little boy, but he wasn't very conspicuous either; not a Wunderkind, he didn't show off in front of guests. On entering their apartment, one foot still behind the threshold, you might catch sight of him totally absorbed in riding his tiny bicycle around the apartment or toddling after a quietly bouncing ball. He bore the guests' noisy greetings patiently, offering, if necessary, his hand and answering questions, but never entering into long conversations.

So it came to pass, through all the "thaws" and "refreezes," that Senia's friends and acquaintances moved on to greener pastures, and he saw them all off. Kissing him good-bye at the airport, they would promise to write and ask him to write back as soon as he received their addresses, but somehow it never worked out that way. Senia was a hopeless correspondent, and his frends all had new, secure lives unblemished by painful memories of their former helplessness.

But then no one ever expected the storm to break so suddenly over Senia. All right, over Sasha Makarov maybe—he had organized half the protest marches and had alerted crowds of foreign correspondents

тов с кинокамерами. Ну понятно, если бы над Илюшей, преподающим иврит, или над яростной Алиной с ее бестолково-гневными посланиями во все инстанции, включая ООН. А то вдруг взяли Сеню.

Расходились из Президиума, где была даже не демонстрация, а просто подавали очередное писание, и была уйма народу, человек сто, и никого не тронули, один только Сеня не вернулся домой.

Стало это известно от его жены, которая оказалась Машей, причем очень энергичной: звонила она буквально всем, и ко многим приходила — и все просила как-то помочь, но как тут поможешь, если уж взяли. Материально, конечно, могли поддержать, но этого ей не требовалось — ей нужно было только, чтобы Сене не дали пропасть, чтоб передали, чтоб написали...

Но так как Сеня не был таким уж правозащитником, в тех кругах его знали мало, и что тут писать, и кому передавать, было неясно. В общем, решили в конце концов написать письмо в защиту Сени и адресовать его на тот же Президиум, а подписей собрать как можно больше.

И вдруг в это самое время над Москвой разразилось неслыханное — всю ее захлестнул поток разрешений — по пятьсот семей в неделю! Билеты были раскуплены сразу до мая, продлевать визы записывались в очередь, на таможне не успевали проходить досмотр — и бросали к чертям все вещи — быстро, быстро: документы — деньги — зубную щетку — всё! Детей на руки! Едем! И времени нету заплакать, и слава Богу!

Ну скажите на милость, где тут возиться с правозащитными письмами, когда такое! Если уже получил разрешение, которого ждал двадцать месяцев — что же? Теперь всё — под удар? Если пару месяцев осталось, и уже не работаешь, и продаешь библиотеку, и раздарил друзьям зимние вещи — неужели сейчас еще скандалить? А если нет разрешения, но уже есть у Лены, и у Бори с женой — а подавали одновременно — неужели всей семьей рисковать? Ведь, может быть, через неделю получим? А что мы получим, если сегодня подпишем? Ведь неизвестно, сколько это продлится — такой отъезд — месяц, быть может? И потом всю жизнь кусай локти и казни себя — упустил, упустил возможность!

to bring their television cameras. And sure, had it hit Il'iusha, who taught Hebrew, or mad Alina with those incomprehensibly bilious memoranda she sent everywhere, including the UN. No, suddenly Senia was arrested.

It happened outside the offices of the Presidium of the Supreme Soviet, where there'd been not even a demonstration but just another petition submission, at which a swarm of people—a hundred or so—had gathered. No one was even touched. Senia was the only one not to return home.

News of his arrest came from his wife—Masha, as it turned out, and an energetic Masha at that: she telephoned everyone, approached many people in person, and over and over she asked for help, any help—but how can you help once someone's been arrested? Material support, of course, everyone could offer, but she didn't need that. All she wanted was to make sure that Senia would not just disappear into thin air, that the word would be passed on, that someone would write. . . .

But not being one of those human rights activists, Senia wasn't well known in such circles, and it wasn't clear what or to whom to write. In the end it was decided that a letter should be written in Senia's defense, addressed to that very same Presidium, with as many signatures as possible.

And just then Moscow was struck by the unheard-of, deluged with visa approvals: five hundred per week! Train and plane tickets were immediately sold out through May, lines formed for visa extensions, and (even before customs officers required) household effects were cast to the devil and left behind: Rush here, rush there! Passports, money, a toothbrush, and that's it! Grab the kids! We're off! No time for tears, and thank God!

Now tell me, please, who's going to get involved with human rights petitions at a time like this? If you had just received the permission you'd been waiting twenty months for, what would you do? Put it all on the line? If you've only got a couple of months left to wait and you've already lost your job and are selling your library and have given away all your winter clothing to friends, are you going to make waves now? And if you haven't received permission yet, but Lena and Boria and his wife have, and you'd all applied at the same time, would you risk your whole family's future? Word might come in a week! And what are we going to hear if we sign today? No one knows how long a migration like this might last, a month maybe? And then what? Spend the rest of your life banging your head against a wall and punishing yourself: you fool, you passed up the chance of lifetime!

Машенька, дорогая, мы бы подписали, мы всегда все подписывали, но сейчас такое время! Ведь парень через год — призывник, вы ведь знаете, что это значит. Машенька, если только мы можем чем-нибудь помочь... Но иначе!

Слушайте, Володя, вы с ума сошли! Ведь мы уже на чемоданах! Я Гришку на операцию не кладу! Почему обязательно мы?

Но собрали в конце концов, собрали — по всей Москве — и было их четырнадцать подписей. Четырнадцать человек нашлось на такое дело в городе Москве, и подписи эти были по всем правилам: фамилия-имя-адрес-профессия...

Пятеро из них были в подаче.

Девять не знали Сеню.

Mashen'ka, dear, we want to sign, we've always signed, but now's not the time! Our son's eligible for the draft next year and you know what that means. Mashen'ka, if only we could help. But in some other way!

Listen, Volodia, you've lost your mind! We're already living out of a suitcase! I won't even let them operate on Grisha at this point! Why us?

But, finally, fourteen signatures were collected. In all of Moscow fourteen people were willing to sign, and the signatures were just as the law prescribed: last name, first name, address, profession. . . .

Five of them were applicants.

Nine had never heard of Senia.

INSTEAD OF AN AFTERWORD

One Reader Reading

*So! Sneering already, are you? Well, just wipe
that sneer off your face and listen when you're
spoken to. I don't have to tell this story, you
know.*

With a few well-placed linguistic brush strokes Irina Ratushinskaia creates
a striking portrait. Though she never describes him, you can almost see the
narrator of "The Little Gray Book." Agitated, a little red in the face, he assumes
you share his values, or will once you've acquired his knowledge and experience.
He sounds almost like a literary critic.

How we read the stories in this collection will depend on the experience—
literary and social—we bring to them. And though the experiences of readers of
this bilingual edition will vary considerably, most will find that Ratushinskaia
rewards a variety of approaches and interpretations. Indeed, Ratushinskaia
offers such an abundance of material and so much latitude for interpretation
that the critic hesitates to impose on her fiction the inevitable constraints of
a commentary.

Take, for example, the satirical fable, "A Family Affair." In it Ratushinskaia
draws on a particularly Soviet brand of social conformism. The phenomenon
of people reporting to the police about what their neighbors do with their newspapers somehow exceeds what we would call "peer pressure"; in the USSR,
people have been sentenced to prison for more innocuous uses of day-old news.
Readers familiar with Soviet life will more readily perceive the urgency of Niblet's
parents' dilemma. But this story also offers a gauge of any conformist society—the
extent to which it leads intelligent caring parents to torture their children.
Niblet's parents are not just "statistically average" and "upstanding," they love
their son and go to great lengths to nurture and protect him from trauma in early
childhood. Ratushinskaia slowly develops this image of love and concern, then
rends it with the violence of their conformism, so aptly selecting their instru-
ments—especially the hot curling iron—that we almost feel Niblet's pain. She
chooses, moreover, to present the material not as a documentary of Soviet conditions, but as a fable, substituting animals for human characters. "A Family
Affair" could happen anywhere.

In these stories form and content are posed in a delicate balance: Ratushin-
skaia draws her subject matter from routine, even mundane contemporary
Soviet life and her forms from among the oldest, most recognizable, and most
literary (i.e., least realistic) genres: the fable, the parable ("Senia the Dream-
Maker"), the satirical fairy tale ("A Tale of Three Heads"), and classical myth
("The Chronicle of a Certain Event"). The result offers those who want to view

117

these stories as indictments of Soviet power adequate specific evidence for their arguments and those who know little or nothing about Soviet life a plethora of meanings to which they can relate their own experience. Knowledge of Soviet conditions, of the specific phenomena to which Ratushinskaia was reacting, provides one route to understanding, but it is by no means the only route.

The same is true of specific knowledge of the literary tradition. Readers of Russian literature will note her debt to Shevchenko, Dostoevskii, Saltykov-Shchedrin, Chekhov, Shvarts, Zoshchenko, Zamiatin, and Marshak, to mention only the obvious. And they will delight in the subtle and at the same time complex ways in which she draws on these sources. For example, towards the end of "The Chronicle of a Certain Event," the horse Rapscallion is tormented by strange words and phrases, especially "captivating youth" [пленительная младость]. In Pushkin's 1818 epigraph to a portrait of Vasilii Zhukovskii, we find the likely source of the phrase:

> Его стихов пленительная сладость
> Пройдет веков завистливую даль,
> И, внемля им, вздохнет о славе младость,
> Утешится безмолвная печаль
> И резвая задумается радость.

> The captivating sweetness of his verses
> Will span the envious distances of time,
> And, heeding them, youth will sigh of glory,
> Silent grief will find comfort
> And boisterous joy will grow pensive.

Seriozha's "captivating youth" combines two lines; in Russian the substitution of "youth" for "sweetness" involves only the transposition of a single letter.

For those who recognize the Pushkin antecedent, the poem adds an extra layer of literary play to the story. In the poem Pushkin contemplates the influence Zhukovskii's verse will exert on future generations. Nowadays Zhukovskii still enjoys a substantial reputation for his translations of romantic ballads into Russian, but he stands, of course, deep in the shadow of the younger Pushkin. The epigraph thus functions as an object lesson in the primacy of inspiration: Pushkin succeeded in part because he challenged Zhukovskii and the tradition even as he borrowed. Poor Seriozha, whose mediocre epigonic ramblings turn out to be the source of Rapscallion's discomfort, clearly remains under Pushkin's influence.

While the Pushkin epigraph provides an historical antecedent for Seriozha's fictional situation, it is not the only access to the story. Indeed, in Rapscallion readers will sooner recognize Pegasus, the symbol of poetic inspiration. As for the embedded antecedent, even without recognizing its source we find it significant. In English as well as in Russian the phrase "captivating youth" has just enough iambic lilt and pretense to metaphor to identify this deliberate poeticism as a link between the horse's discomfort and the animal-nurse who writes bad poetry.

Each point of access leads us to a slightly different interpretation. Focusing on the embedded opposition between borrowing and originality, one will arrive at a meta-literary reading, a statement of the author's aesthetic model and intention. Foregrounding the combination of Pegasus with the work horse renders the meta-literary connotations secondary to a statement of the strength of art as it succeeds in rising even from the most vulgar origins. Still another approach might isolate the response of the human characters to Rapscallion's metamorphosis and conclude that Ratushinskaia in microcosm indicts her society for harnessing, ignoring, scandalizing, and otherwise abusing inspiration, forcing it, in the end, to flee elsewhere. The point is that Ratushinskaia's work is good enough to bear all of these interpretations and then some. Such richness is the mark of true talent.

The possibility for a range of interpretations—blatant misreadings excluded—seems to represent to Ratushinskaia a brand of artistic freedom, the freedom of the reader (viewer, consumer) to participate—as does Venia the precocious television—in the creation of art. One obvious way in which Ratushinskaia encourages readerly creativity is by leaving conclusions open or ambiguous. As a result, while her prose is highly didactic, it is never accusatory. Ratushinskaia prefers to enlighten, not to blame or to frighten. She also understands what the narrator of "The Little Gray Book" doesn't: one cannot teach through threats or insistence on a single perspective.

Recognizing that there will and should be other approaches to these stories, I would like to focus the remainder of this essay on how Ratushinskaia addresses imagination as the medium of this freedom, on the part of both writer and reader. Returning briefly to her use of literary antecedents, consider "Aksiutin's Adventure." Here Ratushinskaia makes two clear allusions to the work of Samuil Marshak: "The Fire" [Пожар], which she quotes, and "The Tale of the Unknown Hero" [Повесть о неизвестном герое], from which Aksiutin's sudden need for a tee-shirt and cap derives. With them she acknowledges her debt to the rich tradition of Soviet children's literature, on which she and millions of others have been raised. Through these references, she places her own writing in a context. At the same time these references also serve other functions more immediately relevant to the action of the story and to our interpretation(s) of it. First of all, they economically describe the imaginary life of the hero. Aksiutin's penchant for cliches (the posters, the image of the distraught young mother) together with a literary vocabulary that derives from childhood reading attest to the paucity of his limited (if lively) imagination. For a fantasy life, his is relatively drab. This is what a steady diet of meat dumplings, routine and boring work, and physical and emotional deprivation—all the things Aksiutin escapes in his various dreams—can do to a person.

On the other hand, there is something very touching about Aksiutin's return to his childhood reading and, more important, something about it that makes us readers remember our own youth, when we read the same (or very similar) poems and shared the same dreams of becoming firefighters. These common, even cliched references establish a shared field of knowledge and experience between the imaginary heroes and the reader. These are images that Ratushinskaia's contemporaries would recognize immediately and to which they would automatically relate, regardless of their literary sophistication or level of education. Through the device of unquoted internal monologue—which, along with Aksiutin as a variation on the poor nineteenth-century clerk, demonstrates her debt to Dostoevskii—Ratushinskaia renders a character's thoughts as first-order narrative. She creates a fiction that, through other fictions, interacts with our reality much in the same way that Aksiutin's fiction-fueled imagination temporarily overcomes his rational sense.

Ratushinskaia encourages this imaginary (in both senses of the term) identification with her characters partly to show us our own lives from a new perspective so that we might be moved to act differently. A striking example is "Senia the Dream-Maker."

Senia provides the thematic focus in this story, but it is not with him that Ratushinskaia encourages us to identify. Instead she aims her entire narrative arsenal at getting us to put ourselves in the position of Senia's acquaintances. She does this in two ways. First, she creates a narrator who is an insider in Senia's community. This narrator knows all the ins and outs of applicant life, shares their rumors, and to a large extent is bound by the same limitations of knowledge as they. She cannot explain how Senia acquired his reputation, though she is fully aware of what he does. The narrator, then, serves as a link not with Senia, but with the community. Once based within that (fictional) community, the narrator then challenges traditional boundaries between it and the reader's world by addressing us just as she might another character on her own plane: "Now tell me, please . . . ," "If you had just . . . ," etc. To the extent that she succeeds in drawing us in, we come to see ourselves among those who did not, for various reasons could not, sign on Senia's behalf. We along with her are part of that community; we along with them are guilty. Identification and self-implication is a distinguishing structural feature of the parable, the genre on which Ratushinskaia modeled this story. Reading it as such clarifies the significance of the epigraph to the story: the "city" is, of course, not Moscow, but Sodom, its inhabitants "consumed in the iniquity of the city" (*Genesis* 19:15), from among whom the angels could find but a single righteous man, Lot. Through the epigraph Ratushinskaia simultaneously bonds two sets of "readers": the applicants with the Sodomites and the reader of this story with the applicants. At both levels placing oneself in the fiction results in a radically different perspective of one's actions.

The sheer number of stories in this collection devoted to dreams, nightmares, poetry, and lies suggests the extent to which Ratushinskaia was preoccupied by the roles and manifestations of imagination in our lives. Given free rein, fantasy offers a respite from unmitigated boredom. It transforms the trip to and from work into a mysterious voyage, wives into alluring lovers, the otherwise undistinguished "man on the street" into a fearless saver of lives.

120

Through fantasy the hero departs the noisy, hungry rat race of the city for a quaint little village filled with everything the deprived citizen might desire: smoked sausage, ketchup, wafer cookies, and designer jeans; he smells the grass he knew as a child; he shares a cup of Turkish coffee or tea during an anonymous tryst; he enjoys a full night's sleep and cocoa sipped leisurely at the breakfast table. Imagination offers brief interludes in lives otherwise bogged down in lading bills, meat dumplings, flapjacks, muddy footprints, and overdue reports. Providing a vision of a better existence, it at least makes us look differently at our physical surroundings, at ourselves. In this regard we perceive the connection between imagination and good. Like the little angel in "The Incident," without accusing or even commenting, fantasy can make us feel uncomfortable, embarrassed, by heightening awareness of our behavior. And awareness is the first step towards change.

Significantly, like the angel, imagination cannot (and will not) submit to regulation. It must be free to range oblivious of practicalities. The course of dreams, Aksiutin quickly learns, cannot be altered by design: the fifty rubles he so desperately wants to return to his boss take on a life of their own, appearing in his pocket in their own time. Imagination also cannot be bought; denied the freedom to run their own course, dreams quickly turn into nightmares. So Andrei Ivanovich discovers when he acquires his Inner Voice.

In "The Voice" Ratushinskaia juxtaposes unbridled fancy to imagination compromised by utility, spontaneous creativity to the deliberate fabrications on which "reality" is built. The Voice originates as a lie, a device by which Andrei Ivanovich intends to charm Liza Darling. But contrary to plan and owing to the very qualities with which Andrei Ivanovich unthinkingly endowed it, his Inner Voice refuses to submit to its creator's motive. Notably, though the Voice's appearance marks Andrei Ivanovich's decline in the world of "practicality," the story does not read as a tragedy. Rather, Andrei Ivanovich is saved, liberated by the (admittedly painful) unrestrained creation of his imagination— by an idea more powerful than its conscious source. One by one, the Voice leads Andrei Ivanovich to recognize and reject an entire series of myths on which his earlier existence had rested. Most obviously, his newspaper reading at the political indoctrination meeting points up the lies propounded by the Soviet press to justify suppression of the Solidarity movement in Poland. Similarly, Andrei Ivanovich is gradually led to reject still other myths—the sexual typecasting with which the story opens and the deceptions of the academy and pseudo-science. Shaggy and unemployed, he finds love with a woman who cares for him without ulterior motive, and whom he instinctively shelters from his own misfortune. Though we might regard his being fired as a punishment, in fact it too comes as a sort of liberation. As described in a related story, "How to Destroy a Myth," the scientific community from which he has been expelled is but another bastardization of human creativity, where "pseudo-enigmas" and "pseudo-solutions" have replaced the quest for knowledge and turned the laboratory into a battleground of politics and personalities. Most important, following the Voice's ostensible "disappearance," Andrei Ivanovich, and with him the reader, confronts the final myth, that conscience is something imposed from without. Andrei Ivanovich has no one else to blame, no one else at whom to shake his fist. Either we, as he, are guided by conscience, our "external" and "internal" voices in consonance, or we have no right to claim a conscience in the first place.

Thus liberated, fantasy can be highly subversive of the status quo. Through it one notices and comes to know things never seen before or hitherto ignored. "The Tunnel" offers a terrifying case in point. On his way home from work, carrying two packets of frozen meat dumplings, Chizhikov unsuspectingly descends into one of those labyrinthian crosswalks one finds in central Moscow, Leningrad, and Kiev. Chizhikov, clearly, has never thought about the regimentation and classification that has always surrounded him. Jaywalking would not even occur to him, and when confronted with the new pass system he automatically overcomes his initial inclination to argue by reminding himself that ignorance is no excuse. Until the very end he never considers himself part of the group trapped below. Nor, for that matter, does any of the others give a thought to the rest of the group. Each runs to the phone to save him- or herself; no one comforts the crying woman; no one talks to anyone else; it occurs to no one that they far outnumber the two guards. Through their blind acceptance of authority and its classifications, combined with a mistrust of others in the same situation, Chizhikov and his counterparts passively seal their own fate. In their experience Ratushinskaia has captured a pattern of human behavior regrettably all too common: the willingness to stand by silently as others are detained, arrested, murdered, the naive belief that someone else is the enemy, and that *that* could never happen to us, the inability to imagine ourselves in someone else's "shoes." Until it is too late. But, as in "The Voice," fantasy leads to the hero's salvation, not his damnation. At the outset of this story, the narrator remarked casually that the pipe railings along the street were "not unlike those on metal bedframes," suggesting that Chizhikov is probably dreaming. Through that dream he has temporarily passed into a transitional state between two worlds, where he has glimpsed the ultimate nightmare of his waking existence.

His enlightenment may be ours as well. As readers of fiction we occupy a position not unlike Chizhikov's. Although we have not been trapped in the tunnel, we have nonetheless experienced that possibility. Reading thus constitutes an exercise of fantasy from which we can "awaken" with a new perspective on our physical reality. Here, no less than through the metaphor of Ol' Sania as a kerosene lamp, fantasy sheds new light.

"It's not so much substance as style," the narrator remarks on the failure of Sania's companions to comprehend his metamorphosis. Like Ol' Sania, Ratushinskaia performs quiet wonders, masking their full import with an unassuming style. Consider the tiny story, "The Visit." There, in the space of less than a page, she condemns not only Soviet imperialism but universal, male-dominated militarism, its aggression symbolized by the phallus. In a related story, "On the Meaning of Life," she suggests how central to our existence is the struggle to survive in the face of that aggression. Replace the boa constrictor's killer instinct with platonic passion, and the rabbits of this world lose their raison d'etre. We know from Ratushinskaia's nonfictional contributions to *samizdat* and *magnitizdat* that she herself is no rabbit. The fact that she delivers her message here through gentle persuasion rather than coersive rhetoric should be regarded not as mere accident, or as a sign of feminine passivity, but as a deliberate aesthetic choice.

The "sane," "real" world inhabited by Ratushinskaia's heroes, the world of waking reality, is a sort of walking nightmare, whose gray, impersonal routine gradually dulls the senses. A certain anesthetization even seems required to withstand the unending barrage of physical and psychological assaults that rule the coatroom, the marketplace, public transportation, work, and family life. Fantasy keeps the senses alive, even if it occasionally leads to rude awakenings, as the boa constrictor's "great passion" leads to the rabbits' distress; yet, the source of distress lies not in the fantasy itself, but rather in the emptiness and gloom to which fantasy opens the rabbits' (and our) eyes. Free fantasy, unimpeded imagination, serves only human good, not infrequently at the expense of the fantasizers themselves.

From the point of view of utilitarian society, there is something very suspicious about these selfless fantisizers and fulfillers of others' dreams. As with Venia, "You Never Can Tell" with them. Consequently, fantasy must be restricted, and in Ratushinskaia's fiction the forces of societal control engage in a never-ending struggle to regulate the innate powers of human imagination.

And yet, as the stories in this collection testify, fantasy persists and will continue to exist even in the most repressive conditions. Perhaps as readers (and critics) we can best contribute to its health by remaining open to a variety of interpretations and approaches. In this respect I think Ratushinskaia would be pleased by an edition which brings her work to so diverse an audience.

СОДЕРЖАНИЕ

СОДЕРЖАНИЕ

ЭРМИТАЖ

В 1986 ГОДУ ВЫ МОЖЕТЕ ПРИОБРЕСТИ В НАШЕМ ИЗДАТЕЛЬСТВЕ

АВЕРИНЦЕВ, Сергей. ''Религия и литература''. (Статьи, 143 с.)	6.00
АКСЕНОВ, Василий. ''Аристофаниана с лягушками''. (Пьесы, 380 с.)	10.00
АЛЬТШУЛЛЕР, М., ДДЫЖАКОВА, Е. ''Путь отречения''.	16.50
БРАКМАН, Рита. ''Выбор в аду''. (О творч. Солженицына, 144 с.)	7.50
ВАЙЛЬ, П., ГЕНИС, А. ''Современная русская проза''. (192 с.)	8.50
ВОЛОХОНСКИЙ, Анри. ''Стихотворения''. (160 с.)	8.00
ГИРШИН, Марк. ''Убийство эмигранта''. (Роман, 145 с.)	5.50
ГОРЕНШТЕЙН, Фридрих. ''Искупление''. (Роман, 160 с.)	8.50
ДОВЛАТОВ, Сергей. ''Заповедник''. (Повесть, 128 с.)	6.00
ДОВЛАТОВ, Сергей. ''Зона''. (Повесть, 128 с.)	6.00
ДОВЛАТОВ, Сергей. ''Чемодан''. (Рассказы, 112 с.)	7.50
ДРУСКИН, Лев. ''У неба на виду''. (Избр. стихи, 230 с.)	9.50
ЕЗЕРСКАЯ, Белла. ''Мастера''. (Сборник интервью, 120 с., илл.)	8.00
ЕРЕМИН, Михаил. ''Стихотворения''. (Сост. Л. Лосев, 160 с.)	7.50
ЕФИМОВ, Игорь. ''Архивы Страшного суда''. (Роман, 320 с.)	8.50
ЕФИМОВ, Игорь. ''Как одна плоть''. (Роман, 120 с.)	5.00
ЕФИМОВ, Игорь. ''Практическая метафизика'' (Философ., 340 с.)	8-50
ЖОЛКОВСКИЙ, А. и ЩЕГЛОВ, Ю. ''Мир автора и структура текста''	
(Статьи о русской литературе, 350 с.)	15.00
ЗА ЧЕЙ СЧЕТ? (Статьи, сост. Ю. Фельштинский, 190 с.)	10.00
ЗАЙЧИК, Марк. ''Феномен''. (Рассказы, 184 с.)	8.50
ЗЕРНОВА, Руфь. ''Женские рассказы''. (160 с.)	7.50
ИЗБРАННЫЕ РАССКАЗЫ ШЕСТИДЕСЯТЫХ (352 с.)	13.50
КОРОТЮКОВ, А. ''Нелегко быть русским шпионом''. (Роман, 140 с.)	8.00
КРЕПС, Михаил. ''Булгаков и Пастернак как романисты''. (140 с.)	9.00
ЛОСЕВ, Лев. ''Закрытый распределитель''. (Очерки, 190 с.)	7.00
ЛОСЕВ, Лев. ''Чудесный десант''. (Стихи, 150 с.)	9.00
ЛУНГИНА, Т. ''Вольф Мессинг — человек-загадка''. (270 с., илл.)	12.00
МЕРЕЖКОВСКИЙ, Д. ''Маленькая Тереза''. (Житие святой, 204 с.)	9.50
НЕИЗВЕСТНЫЙ, Эрнст. ''О синтезе в искусстве''. (Альбом, 60 илл.)	12.00
ПОПОВСКИЙ, Марк. ''Дело академика Вавилова''. (280 с., 20 илл.)	10.00
ПОЭТИКА БРОДСКОГО (Статьи, ред.-сост. Л. Лосев, 256 с.)	12.00
РАТУШИНСКАЯ, Ирина. ''Сказка о трех головах''. (Рус. и англ., 128 с.)	7.50
РАТУШИНСКАЯ, Ирина. ''Стихи''. (На рус., англ., фран., 140 с.)	8.50
РЖЕВСКИЙ, Леонид. ''Звездопад''. (Повести, 270 с.)	12.00
РОЗИНЕР, Феликс. ''Весенние мужские игры''. (Пов., рас., 208 с.)	8.50
РЫСКИН, Григорий. ''Осень на Виндзорской дороге''. (2 пов., 200 с.)	8.50
СВИРСКИЙ, Григорий. ''Прорыв''. (Роман об эмигр. 1970-х, 560 с.)	18.00
СВИРСКИЙ, Григорий. ''Прощание с Россией''. (Повесть, илл., 140 с.)	8.50
СУСЛОВ, Илья. ''Мои автографы''. (Рассказы, 200 с., илл.)	10.00
СУСЛОВ, Илья. ''Рассказы о т. Сталине и др. товарищах''. (140 с.)	7.50
ТЕЛЕСИН, Юлиус. ''1001 сов. полит. анекдот''. (180 с.)	10.00
ТИМОФЕЕВ, Лев. ''Последняя надежда выжить''. (Очерки, 200 с.)	10.00
ТРОЦКИЙ, Лев. ''Дневники и письма''. (Сост. Ю. Фельштинский.)	12.00
ЧЕРТОК, Семен. ''Последняя любовь Маяковского''. (128 с., илл.)	7.00
ШТЕРН, Людмила. ''Под знаком четырех''. (Повести, 200 с.)	8.50
ШТУРМАН, Дора. ''Земля за холмом''. (Статьи, 256 с.)	7.00
ШУЛЬМАН, Соломон. ''Инопланетяне над Россией''. (208 с., илл.)	12.00

Заказы отпр. по адресу: Hermitage, P. O. Box 410, Tenafly, N.J. 07670, USA
    К стоимости заказа добавьте 1.50 дол. на пересылку (независимо от числа заказываемых книг). При покупке 3-х и более книг — скидка 20%.